LES
BOULES DE NEIGE

PAR

LE C^{sse} F. DE NARBONNE-PELET.

PARIS.

BRETEAU ET PICHERY, EDITEURS,

Passage de l'Opéra, 16.

—

1841.

LES

BOULES DE NEIGE.

IMPRIMERIE DE MADAME DE LACOMBE,
Rue d'Enghien, 12.

LES
BOULES DE NEIGE

PAR

La Ctesse F. DE NARBONNE-PELET.

PARIS.

BRETEAU ET PICHERY, EDITEURS,

Passage de l'Opéra, 16.

—

1841.

A la mémoire de mon Aïeule,

LA PRINCESSE DE CHIMAY.

———

Vos mânes révérés, ô mère de ma mère,
Protégent vos enfans en cette vie amère.
O vous dont la sublime et touchante bonté,
Vous assura des droits à l'immortalité,
Plus encor que l'éclat d'une beauté céleste
Et l'attrait d'un esprit transcendant et modeste ;
O vous qui souriant à mes premiers essais,
Dès l'éveil de ma muse, espériez le succès ;
Que du plus haut des cieux votre doux regard tombe
Sur les modestes fleurs que j'offre à votre tombe.

C^{sse} F. DE NARBONNE-PELET.

TABLE

DES MATIÈRES.

———

CHIMAY ET COUVIN.

Situées sur les limites de la Belgique et de la France, et passant tour à tour sous la domination de chacun de ces deux Etats, les petites villes de Chimay et de Couvin, voisines et rivales, furent souvent témoins des dissensions jalouses des seigneurs dont le manoir féodal les dominait.

Au treizième siècle, elles offraient à peu près le même aspect : des rochers escarpés servaient de fortifications naturelles au châ-

teau des marquis de Couvin comme à celui
des comtes de Chimay (1), et la haine comme
la rivalité étaient héréditaires entre les habitans de ces nobles retraites. Un incident qui les
raviva encore davantage fut la préférence ac-
cordée par une des plus belles châtelaines du
voisinage au seigneur de Chimay sur le seigneur de Couvin. Dès lors ce fut de la part du
rival heureux une mesure indispensable de
prudence que de se tenir sur la défensive, car
en toute occasion de rencontre, les vassaux
du marquis de Couvin révélaient avec un zèle
hostile des projets de vengeance.

Le seigneur de Chimay, étant à la chasse
dans les bois qui séparaient ses domaines de
ceux de son ennemi, s'égara à la poursuite
d'un sanglier, qui l'entraîna loin de ses pi-
queurs. Ceux-ci, ne le voyant plus, allèrent

(1) La terre de Chimay fut érigée plus tard en prin-
cipauté.

l'attendre au lieu désigné pour la halte des chasseurs ; mais en vain les heures s'écoulèrent, le comte ne reparaissait pas. Les chasseurs, alarmés, se dispersèrent de nouveau pour battre la forêt et explorer tous les environs. Mais du comte point de nouvelles ; nul indice ne peut remettre sur sa trace, et après toute une nuit passée en infructueuses recherches, on s'en revint au château, espérant encore que le seigneur s'y trouverait ; mais il n'y avait pas reparu depuis la veille, et force fut d'annoncer à la châtelaine, déjà tout en émoi de ce retard, que son époux avait disparu. Elle reçut cette nouvelle avec une vive douleur et voulut se mettre immédiatement elle-même à la recherche du comte. Accompagnée des plus notables de ses vassaux, elle parcourut les bois, les montagnes, s'adressa à tous les habitans du voisinage, et ne reçut nul éclaircissement. Enfin, après huit jours de

1.

continuelles et inutiles démarches, il ne lui
resta plus qu'à s'adresser à leur redoutable
voisin, sur lequel elle se connaissait de l'ascendant ; elle espéra ne pas l'invoquer vainement : la noble dame lui croyait de l'honneur.

Elle s'en vint donc, en grand deuil et tout
éplorée, avec tous les gens de sa suite, en
deuil aussi comme elle, réclamer du seigneur
de Couvin le serment, par sa foi de chevalier,
qu'il n'avait pas connaissance du sort du seigneur de Chimay ; puis elle le supplia, les larmes aux yeux et les mains jointes, de lui
donner tous les éclaircissemens qu'il pourrait
avoir sur cette disparition : « O monseigneur!
disait cette veuve désolée, implorant celui
qui jadis l'avait obsédée de ses supplications,
montrez en cette funeste circonstance la noblesse de votre âme ; que le ressentiment cède
enfin à la pitié ! Accordez votre généreux

concours à mes tentatives pour connaître le destin de mon époux, de votre rival, qui sera désormais votre ami ! Permettez que toutes les perquisitions soient faites en vos domaines ; montrez-vous le protecteur des opprimés : l'honneur vous le commande, une femme vous en conjure ! »

Le seigneur de Couvin, ému mais non persuadé par la châtelaine de Chimay, lui jura sa foi de gentilhomme qu'il ne savait rien de ce qui était arrivé au comte de Chimay ; il lui promit de s'en enquérir et engagea fort la dame à attendre chez lui l'issue de ses recherches. La comtesse, observant le frémissement de terreur que cette offre produisait sur les fidèles vassaux de sa suite et se fiant fort peu sur la parole du sire de Couvin, crut devoir refuser. Elle s'éloigna satisfaite de cette démarche, entreprise surtout pour l'acquit de sa conscience.

Plusieurs années se succédèrent sans amener le moindre événement qui pût mettre sur la voie d'une découverte à l'égard du seigneur de Chimay. Sa femme, triste et seule, était toujours en deuil, dans les prières et dans les larmes ; elle refusait les consolations qui lui étaient offertes, et elle fut surtout indignée des propositions d'union qu'osa lui faire le marquis de Couvin, sous le prétexte de terminer ainsi les longues divisions de leurs vassaux. La comtesse ne daigna lui répondre que par ces mots :

« Je ne suis pas assez certaine d'avoir » perdu mon époux sans retour pour dispo- » ser de moi-même. Je ne vivrais plus si je » m'étais crue libre. »

La septième année du veuvage de la comtesse, il arriva qu'un jeune pâtre de Chimay, s'amusant à chasser, vit passer tout près de lui un joli petit lapin. Aussitôt il se mit à le

poursuivre, et lui lança des flèches sans pouvoir réussir à l'atteindre. Enfin, après une
course longue et opiniâtre, le lapin se réfugia
vers des rochers que dominait un château
situé comme celui de Chimay, ce qui le lui
fit reconnaître, à sa grande consternation,
pour le manoir de Couvin ; mais l'ardeur
de la chasse l'emportant sur toute autre impression, il lança sa dernière flèche contre
le lapin fugitif, qui disparut dans une cre-
vasse de rochers, où resta plantée la flèche.
Le petit pâtre, désolé de perdre sa proie
et son arme, voulut tenter de reconquérir
du moins cette flèche, qui pouvait servir à
tuer quelque gibier pour le souper de sa famille. S'élançant donc avec agilité, à l'instar
du lapin, sur les rocs escarpés, il parvint à
saisir la flèche, qu'il voulait enlever de cette
fente ; mais il y trouva de la résistance, et
plongeant sa main dans le creux du rocher

pour dégager sa flèche, il sentit, ô terreur !
une main saisir la sienne et lui glisser entre les
doigts le bout de sa flèche enveloppé d'un
linge couvert de caractères tracés avec du
sang. L'enfant, terrifié, reste immobile, cherche ensuite vainement à se rendre compte de
cette étrange aventure ; mais, ne sachant
pas lire, il met le linge dans sa poche, et sans
plus penser au lapin, il reprend au plus vite
le chemin de sa chaumière. Là il trouve ses
parèns inquiets de sa longue absence ; il achève
de les confondre par le récit de ses exploits
du jour, et enfin déploie le mystérieux écrit,
plié en forme de lettre, dessus lequel le père
de Basler (homme savant et lettré) déchiffra
ces mots : *A la comtesse de Chimay.* »

Grande rumeur dans la chaumière. On dé-
puta sur-le-champ le petit pâtre Basler au
château. C'était l'heure du dîner solitaire de
la châtelaine : on refusa d'introduire l'enfant ;

mais il persista dans sa demande avec tant d'instances qu'il parvint enfin à son but. La dame de Chimay, à la vue des caractères tracés sur le linge qu'on lui présentait, poussa un grand cri , le déploya vivement, et lut ces mots à haute voix : « Si vous m'êtes fidèle, ar- » mez tous nos vassaux et tirez-moi des sou- » terrains du château de Couvin, où je suis. » enseveli vivant. »

— L'écriture et la signature du comte de Chimay ! s'écria-t-elle. Nous le délivrerons sans retard. Enfant, tu seras notre guide, et le félon ravisseur portera enfin la peine de sa lâche trahison.

Tous les vassaux s'assemblèrent au premier signal de leur noble maîtresse ; mais on lui fit observer que pour être plus sûre du succès, elle devait réclamer le secours de tous leurs voisins, que cet attentat soulèverait contre leur ennemi commun. Cet avis était

sage. La comtesse eut peine à différer jusque-
là pour assurer mieux l'exécution de sa juste
vengeance ; mais les levées de gens armés se
firent immédiatement : la nuit fut employée à
obtenir des renforts et des auxiliaires, et dès
le point du jour, la châtelaine de Chimay, à la
tête de cette armée improvisée, marcha au
château de Couvin, non plus en suppliante,
mais forte de son droit et de la justice de sa
cause. Elle jugea qu'il serait imprudent de
tenter une capitulation, et craignit qu'en
faisant connaître l'objet de cette attaque, elle
ne donnât le temps au traître de mettre le
comble à ses crimes en faisant disparaître à
jamais son noble captif. Donc, on attaqua le
château à l'improviste. Le seigneur de Couvin fut saisi et garroté aussitôt, et la comtesse
ne lui promit la vie qu'à la condition que son
époux serait immédiatement délivré. Le marquis, écumant de rage, fut forcé d'indiquer les

souterrains, sous peine de voir démolir son château pierre par pierre.

Tandis qu'une partie de la suite de la comtesse cernait et occupait le château, le reste des assiégeans, répandu dans la ville, maintenait en respect et en crainte les habitans, épouvantés et intimidés par le nombre des hommes d'armes.

Le seigneur de Couvin niait obstinément son crime ; le comte ne se trouvait point au souterrain. Mais le traître à son tour fut trahi : un de ses gens, effrayé par les menaces, déclara que le comte de Chimay était captif dans un cachot que le marquis avait fait disposer exprès, et s'offrit même à y conduire.

On fit marcher devant le sire de Couvin, et l'on descendit par de ténébreux détours jusqu'à la tombe où était l'infortuné seigneur, que son ennemi avait laissé vivre pour le faire plus long-temps souffrir. La porte fut enfoncée, et à la lueur des torches, on se précipita dans le cachot.

La comtesse, au comble de l'émotion, s'élança vers le captif, qui avait à peine la force de se soutenir : il tomba en défaillance dans les bras de celle que depuis si long-temps il n'espérait plus revoir en ce monde.... et l'aspect de leur bonheur mutuel fut le plus rude châtiment que pût subir leur ennemi. Le seigneur de Chimay, pâle, exténué par sa longue et dure captivité, pouvait à peine supporter l'excès de son émotion ; l'éclat des lumières, le bruit de la foule qui s'empressait autour de lui l'enivraient ; mais ranimé par tous les soins qui lui furent prodigués, il se disposa à sortir de sa prison ténébreuse; ses regards errèrent alors autour de ce funèbre asile, et apercevant le petit lapin blanc dans les bras du pâtre Basler, il sourit et dit : « Je ne voulais pas abandonner ici mon premier libérateur. »

Entourés de leur nombreuse escorte, les châtelains de Chimay revinrent en leur château, amenant à leur suite le marquis de Couvin, qu'il leur fallut protéger contre la fureur des villageois indignés. Il fut détenu dans un souterrain de Chimay, en attendant que, selon les lois du pays, il fût livré au juste châtiment de son noir attentat.

Le comte donna à sa femme et à ses vassaux les détails de sa cruelle aventure. Egaré à la chasse et loin de tous les siens, il avait réclamé imprudemment l'hospitalité du sire de Couvin, qui s'était saisi de lui pour le précipiter dans l'horrible cachot où il n'avait survécu à tant de maux que par un miracle de la Providence et par la force de l'espoir. Un seul hôte avait adouci cette affreuse solitude : c'était le petit lapin, qui avait choisi cette retraite pour terrier et y vivait en fort bonne intelligence avec lui.

Il dépeignit quel avait été l'excès de son bonheur en apercevant la main du jeune chasseur, avec quel empressement il remit avec la flèche un écrit qu'il était parvenu depuis long-temps à préparer avec son sang, sur son mouchoir, dans le pressentiment de s'en servir pour sa délivrance. Ensuite il s'adressa au petit Basler, qui venait lui restituer son ami le lapin.

—Mon enfant, lui dit-il, vous devez tenir à votre conquête ; aussi ne veux-je pas vous en priver : je ne vous séparerai pas, et je ne me séparerai moi-même pas de mes libérateurs. Toute la famille de Basler sera dès ce jour à la tête de l'administration de ma garenne, et je double en sa faveur tous les bénéfices de cet emploi ; mais je veux en particulier accorder un don à l'enfant que Dieu a commis pour cette miraculeuse délivrance.

La famille Basler, heureuse du poste éminent auquel elle était promue et qui surpassait toutes ses plus ambitieuses espérances, ne demanda plus aucune chose, sinon que tous les jours il leur fût octroyé un *plat* de la table de leur seigneur.

Le châtelain accéda à la demande, et durant de longues années cette coutume fut maintenue religieusement en faveur des descendans de Basler par les seigneurs de Chimay.

L'ENFANT AUX CHEVEUX D'OR.

I.

Pour mon enfant, tourne, léger fuseau ;
Tourne sans bruit auprès de son berceau.
(Madame TASTU.)

Dans une misérable mansarde que décorait
un splendide rayon de soleil, était une pauvre
mère et son joli petit enfant.

Un enfant si blanc, si blond, si *ange!* que
sa mère pleurait en priant Dieu pour lui !

Une mère si douce, si tendre, que son enfant ne pouvait pas plus quitter ses bras, que
l'enfant Jésus ceux de la Madone.

2

Et ces deux groupes étaient toujours en présence dans le petit réduit.

Quand la pauvre femme avait pu obtenir de l'ouvrage, elle travaillait avec son enfant sur ses genoux, et lui ne regrettait jamais de ne pas aller dans les beaux jardins où il avait vu quelquefois des enfans coquettement habillés, danser en rond sous les yeux de belles dames en tabliers blancs. Toutefois, notre héros avait bien son petit orgueil ; il avait bien même sa grande parure : c'étaient de magnifiques et charmans cheveux, doux comme la soie, brillans comme l'or, qui bouclaient à plaisir sous les doigts amaigris de la pauvre mère d'Edward, et il se tenait bien droit et bien sage quand on caressait ses cheveux blonds.

Quand, par hasard, il faisait du chagrin à sa mère, s'il ne voulait pas bien prier la sainte Vierge, où s'il se laissait aller aux cris et aux larmes pour ces légères peines de l'enfance qui paraissent si lourdes (peut-être en raison de la faiblesse de cet âge), Edward était sévèrement puni par la menace de voir négliger les belles boucles de cheveux qu'aimait tant sa mère quand il était bien sage.

Pour cette pauvre mère aussi, n'était guère d'autre joie en ce monde que de s'occuper de son enfant. Française et catholique zélée, elle l'avait *voué au blanc*, et s'était vouée elle-même à un deuil éternel. Elle ne voyait, n'aimait que son enfant. Les bonnes femmes de son voisinage, après avoir tenté inutilement de se rapprocher d'elle et de pénétrer le mystère de cette obscure existence, avaient pris enfin le parti de s'en tenir aux conjectures sur son compte. Elle ne demandait ni n'acceptait aucun genre de service; elle vivait de son travail, toujours renfermée dans sa petite chambre, entre son enfant et l'image de la

2.

Vierge, patronne de toutes les mères! Souvent
elle disait tout haut, dans ses prières, des paroles que le petit Edward ne comprenait pas;
mais il les lui faisait répéter pour les redire à
son tour, car il savait bien qu'il fallait aimer
beaucoup et prier souvent cette bonne Vierge
qui donnait de l'ouvrage à sa mère, du pain
pour lui, du soleil pour leur fenêtre, et des
faveurs bleues pour nouer ses cheveux
blonds.

Et quand il était endormi, seulement alors
sa mère retirait du fond d'un tiroir des papiers et un portrait, — un portrait peint par
elle-même, sur lequel elle pleurait souvent,
et si fort un soir, que l'enfant en fut réveillé.

— O maman, montre donc ce qui te fait
pleurer, dit–il en étendant ses petits bras vers
elle, qui le serra convulsivement sur son
cœur.

Dans le mouvement, le portrait tomba sur

le lit, et Edward vit la figure d'un homme
avec un habit comme celui des beaux messieurs qui passaient à cheval sous leur fenêtre.

— O maman ! quelle jolie image ! Laisse-
moi l'embrasser.

— Oui, Edward, dit-elle, baise le portrait
de ton père.

— Qu'est-ce donc qu'un père ?

— N'as-tu pas vu nos petites voisines embrasser un gros homme à qui elles disent
papa ?

— Oh oui, je comprends : un *papa* est un
homme, — mais un père est un *monsieur*. —
J'aime bien mieux avoir un père, maman.

La mère pleura sans répondre. Le petit Edward voulait qu'elle plaçât le portrait auprès
de l'image de la sainte Vierge. Mais elle refusa,
et ne consentit à le lui montrer que lorsqu'il
serait sage. Et souvent, dans ses prières, Ed-

ward disait : — O mon Dieu! je vous en prie, que maman me montre mon père !

Il demandait aussi quelquefois à sa mère pourquoi ce père si beau ne venait pas les voir et ne rentrait pas chaque soir dans leur chambre, comme le voisin auprès de ses enfans.

Elle répondait : — Nous l'avons perdu ; prions pour lui ! Et, dans sa foi presque superstitieuse, cette pauvre femme croyait, voyant son fils si pâle et si frêle, que c'était une preuve que les regards et les caresses d'un père ne le bénissaient pas. Et elle redoublait pour lui de soins et de tendresse.

Un jour, jour d'hiver sombre et bien triste, la mère n'avait plus d'ouvrage depuis une semaine ; jamais les cheveux d'Edward n'avaient été si bien arrangés : ils brillaient comme une auréole autour de sa tête angélique.

Le pauvre petit avait froid, quoique sa mère le gardât au lit tout le jour pour le réchauffer. Il avait faim, quoiqu'elle lui eût donné tout le reste du pain.

Il pleurait, et sa mère s'efforçait de l'apaiser; et ensemble ils levaient les yeux vers la sainte image dont l'immuable sourire aggravait encore leur souffrance.

Le petit Edward voyait bien que ses larmes faisaient mal à sa mère. Aussi le pauvre enfant cachait son visage sur ses genoux, en disant : *Maman, j'ai bien faim!*

Et sa mère caressait convulsivement les boucles soyeuses de ses cheveux d'or.

Épuisé par les larmes et la faim, il céda au sommeil. Sa mère l'emporta tout endormi au pied de la Madone, qui tenait aussi son enfant dans ses bras.

— O la plus pure des Vierges! ô la plus tendre des mères! disait-elle dans son délire,

écoute une mère qui pleura sur son fils à sa
naissance, comme toi sur ton fils mourant !
Mon enfant est le seul bien que Dieu m'ait
laissé sur la terre. Sans lui je n'aurais plus
rien pour aimer. Non , tu ne le laisseras pas
mourir. Que ne puis-je le nourrir de mon
sang, comme je l'ai nourri de mon lait !

Elle pleurait en regardant son fils qui souffrait en dormant.

Soudain une inspiration la fait tressaillir ;
elle pose l'enfant sur le lit, passe encore ses
doigts dans chacune de ses longues boucles
dorées , et soupirant profondément , elle
sortit.

. . . .

Une heure plus tard, le petit Edward se
réveillait en sentant quelque chose dans sa
main. O Providence ! c'était du pain. Mais la
mère disait : — Mon ange, ce pain nous coûte
bien cher.... J'ai vendu notre beau trésor.

A ces mots, le pauvre petit porta ses mains à sa tête dépouillée de son auréole, et s'écria en pleurant :

— O maman, mes jolis cheveux d'or en place de ce vilain pain noir !

La mère ne lui répondit qu'en prenant avec avidité pour elle-même un morceau de ce pain.

L'enfant la vit, et cessant de pleurer, il dit : — La bonne Vierge nous les rendra, n'est-ce pas, maman?

. . . .

Un jour, dans l'une des principales rues de Londres, Edward se promenait, conduit par une voisine de sa mère, malade, qui voulait lui faire respirer le bon air du printemps.

Ses jolis cheveux commençaient à couronner encore son front; ils croissaient comme l'herbe et les fleurs sur la terre. Car la bonne sainte Vierge n'avait pas trahi la

confiance de la mère et de l'enfant : ils
avaient eu du pain, puis de l'ouvrage, puis
enfin la parure si amèrement pleurée. L'enfant, émerveillé de tout ce qu'il voyait sur
son passage, arrêtait sa conductrice devant
toutes les boutiques, et regardait surtout
avec un étonnement naïf, celles où il voyait
de belles figures de cire coiffées avec élégance
de mille différentes façons. Une surtout atti-
rait ses regards par une magnifique chevelure
blonde.

Un monsieur qui passait, donnant le bras à
une dame âgée, s'arrêta pour considérer cette
chevelure.

— Voilà, dit-il, des cheveux bien remar-
quables.

— Et surtout pour nous, dit la dame, car
c'est une couleur de famille. Dans notre enfance, nous avions tous les cheveux d'un blond
semblable.

— Madame, dit le marchand en sortant sur la porte de sa boutique, prenez la peine d'entrer ; vous verrez de plus près. Plairait-il à Madame d'avoir un tour de ces cheveux ?

La dame sourit en disant : — Cela me rajeunirait.

—Ils sont charmans , dit le monsieur en passant sa main sur cette blonde chevelure ; mais des cheveux de mort... de pendu....

— Pardon, Milord, ce sont les cheveux d'un enfant qui se porte à merveille.

—Ma mère, dit l'étranger, que faisons-nous ici ? Vous n'allez pas prendre cette perruque?

— Non ; mais je veux me faire faire une chaîne de montre avec ces cheveux , qui me rappellent ceux de mes enfans.

Ils entrèrent dans la boutique. Le petit Edward, qui les avait observés en silence, dit à sa gardienne : — Pourquoi va-t-on vendre encore mes pauvres cheveux?

— Il faut bien que le marchand qui a payé
votre mère soit payé à son tour.

— C'est vrai; nous avons bien mangé notre
pain noir. Restons encore ici, que je voie ce
monsieur et cette dame qui aiment mes cheveux comme maman les aimait.

Peu d'instans après, ils virent ces deux
personnes sortir et rejoindre à quelques pas
de là une élégante voiture qui les attendait.

En rentrant auprès de sa mère, le petit
Edward lui raconta tout ce qu'il avait vu; ses
cheveux vendus à une dame qui était avec un
monsieur tout pareil au portrait de son père.

Et pendant long-temps sa mère lui fit mille
questions sur cette rencontre.

II.

C'est lui! je le savais. le Dieu des pauvres mères
Et des petits enfans, qui du mien a pris soin.
(Alexandre GUIRAUT.)

Plusieurs années s'étaient écoulées. Edward était devenu un charmant garçon tout-à-fait distingué. L'éducation qu'il avait reçue de sa mère lui avait donné des sentimens nobles et des manières élégantes, peu en accord avec la position qu'il semblait devoir occuper dans le monde. Il ne se sentait de vocation pour aucun métier, aucune occupation vulgaire. Il aimait passionnément la lecture, et c'était la source de toute son instruction, Il essayait déjà avec succès la peinture, dont sa mère lui avait donné les premiers principes.

A douze ans, il n'avait jamais quitté sa mansarde que pour faire quelques promenades lointaines, interdites à sa mère toujours souffrante, et indispensables pour lui.

Un jour qu'il marchait dans la campagne, il vit au loin, à travers un tourbillon de poussière, une voiture lancée au grand galop, emportée par des chevaux fougueux que le cocher cherchait vainement à retenir. Un domestique avait été jeté sur la route en voulant les arrêter. Des cris de femme faisaient retentir l'air; le cheval allait franchir un ravin.

Edward, croyant trouver de la force dans son courage, s'élance devant les chevaux et les arrête un instant; mais une ruade l'étendit sous la voiture au moment où le domes-

ι ιque l'atteignait et parvenait, aidé du cocher,
à retenir les chevaux.

Edward, ensanglanté, évanoui, fut transporté dans la voiture, et conduit dans un château où la dame qu'il avait contribué à sauver le soigna comme une mère.

Cette dame, très âgée et très bonne, était de la première noblesse d'Angleterre, et se nommait lady Richmond.

Edward avait été blessé à la tête si grièvement, qu'il resta deux jours sans reprendre connaissance. Lady Richmond, comprenant toute l'inquiétude où l'absence de cet enfant devait jeter sa famille, avait fait prendre dans tout le voisinage des informations qui ne lui avaient procuré aucun éclaircissement.

Enfin, la fièvre tomba, et le jeune malade crut avoir un songe en se trouvant couché dans un beau lit, dans une magnifique chambre. Son premier mot fut pour sa mère. On lui demanda avec empressement son nom et son adresse, et on alla prévenir lady Richmond.

Elle vint près du lit de son petit protégé, et lui parla avec tant de bonté, de douceur, qu'il se crut encore près d'une mère.

Elle le questionnait sur sa famille, lorsque tout-à-coup elle le vit s'émouvoir extraordinairement en fixant des regards avides sur un médaillon suspendu à une chaîne de cheveux blonds, que portait sa noble protectrice.

— Ces cheveux, lui dit-elle, sont semblables aux vôtres, mon enfant.

Edward tendait ses mains suppliantes vers le médaillon. Lady Richmond le lui remit.

— O permettez, dit-il, que je le montre à ma mère!

— Votre mère s'occupe-t-elle donc de peinture?

— Oui, Milady; elle a fait un portrait tout pareil à celui-ci, et que j'aimais bien quand j'étais petit. Elle m'a promis de me le donner quand je serai *jeune*.

— C'est étonnant aussi comme ces cheveux ressemblent aux vôtres.

— Ils ressemblent plus encore, Milady, à ceux qu'on m'a coupés il y a très long-temps; mais je m'en souviens toujours.

— Ce serait vraiment un singulier hasard. J'avais acheté cette chaîne parce qu'elle me rappelait les cheveux de mon fils, lord Richmond, que j'ai eu le malheur de voir mourir subitement cette année. — Et la vieille dame se prit à pleurer en embrassant l'enfant.

Au même instant, on introduisit la mère d'Edward.

A l'aspect de son fils, dont elle était si horriblement inquiète, elle jeta un cri pénétrant, et s'élança vers lui. Mais, à la vue du portrait qu'il tenait encore, elle tressaillit.

— Qu'avez-vous? lui dit lady Richmond.

3

La mère, sans répondre, tomba à genoux, les mains jointes, contre le lit.

— O Milady, s'écria-t-elle, ce portrait...?

— Est celui de mon fils, lord Richmond.

— Et toi, Edward, que t'ai-je dit qu'était celui-ci? dit-elle en lui montrant une copie de ce même portrait.

— Celui de mon père, dit timidement l'enfant.

Lady Richmond, émue au suprême degré, attira la mère d'Edward dans une embrâsure de fenêtre. Là, elles pleurèrent toutes deux, et parlèrent bas.

— Oui, s'écria la noble dame, cette ressemblance vient encore à l'appui de toutes les autres preuves. Il n'y a cette nuance de cheveux que dans notre famille.... Et ce portrait.... et la physionomie de cet enfant.... Vous êtes donc cette Française dont nous avons autrefois entendu parler?

— Oui, Milady, je suis cette femme que votre fils a cru aimer, et qui lui a voué sa vie entière, sans regrets pour le passé, sans alarmes pour l'avenir. Nous nous étions mariés en Écosse, à *Gretna - Green* (1) ; bientôt je m'aperçus que ce mariage, qui n'avait eu aucune authenticité, ne lui semblait pas un engagement solennel et irrévocable. Je vis que le droit de jouir du seul bonheur qui était le but de toute mon ambition (le bonheur de vivre entre mon enfant et son père) m'était contesté. Trop fière alors pour me plaindre, pour fatiguer sa famille et lui-même de mes réclamations et de mes poursuites, je me suis résignée au triste sort auquel son abandon me condamnait ; je suis restée dans l'état le plus obscur (et j'en rougis pour lui), le plus misérable ! J'ai travaillé pour notre enfant, ne

(1) Lieu où se font les mariages secrets.

3.

recommandant qu'à Dieu ma juste cause.

—Eh quoi! mon fils vous a si complètement abandonnés, vous et son enfant, son portrait vivant?

— Que Dieu le lui pardonne comme nous.

— Hélas! justice est faite pour lui dans une autre vie. Mais, ici-bas, c'est moi qui dois accomplir un acte de justice pour l'honneur de sa mémoire. Je fais à notre Edward la substitution de tout mon amour maternel pour son père. Il sera élevé près de moi, et je lui assurerai dans le monde un rang honorable et une fortune indépendante.

—Sainte Vierge, dit la mère d'Edward, vous l'avez béni!

—Ma mère, s'écrie Edward, ma mère, je ne puis te quitter!

Et ses deux faibles bras l'enlacèrent vivement.

— Mon enfant, lui dit son aïeule, soyez
heureux.... Votre bonne mère est ma chère
fille !

LES DAMES EN CHAMBRE.

Type parisien.

Dames en chambre (terme de pensionnat), type éminemment parisien, incompris des provinciaux, inconnu aux étrangers, et qui est à l'ordre moral de la société ce que sont les chanoinesses aux institutions religieuses.

Il existe diverses classifications de dames en chambre, il en *existe* dans des pensions *bourgeoises*, nous ne voulons parler ni de celles-ci, ni de celles qui n'ont à la lettre qu'une *chambre* pour appartement.

Nos dames en chambre gîtent dans les pensions de demoiselles, sont réveillées dès l'aurore au son des gammes de piano, mangent à une table commune, une nourriture *non moins commune*, et ont en commun une femme-de-chambre dont elles s'arrachent les services, mais ont la gloire d'ajouter à leur adresse : *Institution de Madame* ***.

Ce n'est qu'à Paris que se trouvent ces communautés laïques de femmes de tout âge, de tout pays, de toute humeur qui vivent chacune chez elle, *sous le même toit et sous la même loi.*

En province l'on serait traité en *paria* si l'on essayait de se soustraire au joug de la vie de famille ; là chacun a une famille *quelconque*, il n'existe aucun prétexte d'arborer l'étendard de la liberté, et l'indépendance d'une femme serait prise en fort mauvaise part.

D'ailleurs, comme l'on vit sous les yeux de tout le monde, que chaque maison *est de verre*, les quelques vieilles filles ou veuves qui se trouvent réellement sans entourage légitime peuvent vivre chez elles sans inconvenance et sans inconvéniens.

La dame en chambre parisienne, comme celle arrivée de Calais, de Douvres et de Pontoise, est toujours sans fortune, cherche à donner des leçons, ou à obtenir quelque place aux postes ou *dans les tabacs;* elle traite avec les revendeuses à la toilette, met ses ouvrages en loterie, porte des dominos loués aux bals masqués, fait une grande consommation de socques ou sillonne Paris en omnibus.

Les dames en chambre forment dans chaque pensionnat une association, qui ne se piquant ni d'une vertu aussi intrépide que celle des Amazones, ni d'une industrie aussi active que celle du royaume des abeilles, aurait plutôt quelques légers rapports avec un *guêpier*.

Les jeunes et les jolies dames en chambre sont, sinon les plus commodes, du moins les plus accommodantes voisines, elles ont toujours de petites concessions à obtenir, ce qui leur donne une assez douce indulgence dans leurs rapports sociaux. Celles-là paient largement en *phrases* et en gracieusetés, les services qu'elles ne peuvent salarier au *poids de l'or*. Elles autorisent le portier à prendre des romans à leur compte à leur cabinet littéraire. Elles *rédigent* les épîtres des *bonnes* à leurs *pays*. Elles époussettent elles-mêmes leurs théières, ne demandent le plus léger service qu'à grand renfort de *subjonctifs*, et sont en tout, et avec tous de la plus exquise politesse, surtout lors des rentrées après minuit.

Mais celles qui ne sont plus jeunes et celles surtout qui n'ont jamais été jolies ! tels sont les *argus* redoutables, les *limiers* de la police secrète de la maîtresse du logis, elles ont mille ressemblances avec les *gendarmes*, quelques-unes sont de ces dévotes qui tiennent plus de compte du précepte de *l'abstinence* que de celui de la charité, n'ayant ni enfans à gronder, ni animaux à soigner, vu les motifs d'économie et de salubrité publique, n'ayant pas non plus les pratiques religieuses des couvens pour les occuper. Elles ne peuvent raisonnablement que se mêler de tout ce qui concerne *le personnel* de la maison.

Il est a cela des exceptions. Nous en connaissons, hâtons-nous de le dire, mais les dames bonnes et aimables, quoiqu'âgées, ne sont pas en majorité, et ces quelques exceptions ne font que confirmer la règle.

Les dames en chambre des pensionnats dédaignent superbement les dames en pension bourgeoise et s'estiment bien mieux posées que les femmes artistes qui donnent des *raouts* dans leur sixième étage ; par compensation elles subissent à leur tour le blâme des gens scrupuleusement sévères qui pensent qu'hors du mariage il n'est point de salut.

Et cependant si l'on mesure le mérite d'après les sacrifices, il est positif qu'il faut assez de cette *vertu* qu'on nomme *respect humain,* pour que de jeunes personnes aimant la toilette, le luxe, les plaisirs, se privent volontairement des chances d'une existence *comfortable* : s'astreindre à être toute la vie incommodément logée, mesquinement nourrie, à peine servie, renoncer à tous les charmes de l'intimité du *chez soi,* qui convient et *qui va* si bien aux femmes, c'est assurément fort méritoire.

On attaque assez généralement la respectable corporation des dames en chambre. On renouvelle sur elles tous les jolis contes que jadis on faisait sur les couvens; il suffit qu'on sache que là, le mal est défendu ou tout au moins difficile, pour qu'on suppose charitablement qu'il n'en a que plus d'attrait et qu'il existe dans toute sa vigueur. Mais les auteurs de ces suppositions si gratuitement faites, ne connaissent, ni ne comprennent les résultats d'un scandale quelconque donné dans une espèce de petite république, où chacune de ces femmes, qui sont peut-être bonnes au fond de l'âme, qui, prises isolément pourraient se montrer charitables et indulgentes, — associées et réunies, forment le tribunal le plus rigoureux, qui condamne sur la moindre apparence, et où l'apparence même est le plus coupable des délits.

S'il est quelque chose de plus ennuyeux que de donner des leçons, pensent les écoliers, c'est assurément d'en prendre. De même, s'il est quelque chose de plus *difficile* que le rôle des dames en chambre, c'est celui de la maîtresse de la maison qui les héberge.

Pour celles qui auraient une vocation spéciale et toute particulière pour les *propos, les cancans, les intrigues* de toute sorte, les dames en chambre seraient une proie très convenable. Mais qu'on se figure une pauvre femme bonne de cœur, timide de caractère, comme il en est mille, obligée de tenir un juste milieu entre ces parties opposées qui se disputent *pied à pied le terrain* autour d'elle; souvent forcée de ménager ce qu'elle craint plus que ce qu'elle aime, d'immoler ses intérêts ou son agrément particulier à l'exigence superbe de *quelque aigre oracle*, souvent même forcée de sacrifier, sur la foi de *lâches* dénonciations *anonymes*, celles de ses pensionnaires qui lui offraient des billets de spectacle!

Il est d'ordinaire dans chaque pension, une douairière *doyenne d'âge*, et qui, par habitude et par état, domine et commande avec l'absolutisme d'un dictateur. Elle est veuve d'un général de l'empire, et tout ce qu'elle regrette *sans exception* a été perdu à la bataille. Elle a une passion pour l'empereur, et de concert avec Mlle Lenormand, elle a prophétisé les derniers événemens de son règne ; sa chambre est tapissée des gravures enluminées de nos plus fameux combats. Le nom de son vaillant époux, est par elle, écrit à l'encre en marge de l'image de ses exploits. Ainsi que la grand'-mère de l'une des chansons bonapartistes de Béranger, elle parle et reparle de sa gloire excessivement long-temps. La pension, qui ne connaît plus *d'autre histoire* se garde bien de dire encore : *parlez-nous de lui*, et la vénérable sybille voit sa cour déserte, pleure sur toute espèce de *défection* et sur ses tasses de thé en vain préparées, qui lui restent pleines bien des soirs.

Il ne faut pas oublier, dans l'énumération des *antiques* du lieu, la femme de charge, fière de son poste *inamovible*, femme de confiance qui a élevé la maîtresse de pension et qui est bien plus maîtresse dans sa maison qu'elle-même. C'est cette honorable personne qui fait les *parts* pour le déjeuner des dames, qui tient sous clés les provisions, et n'en laisse distraire qu'à regret la plus petite parcelle ; elle sait faire d'adroits et ingénieux mélanges de chicorée et de café, de sucre en poudre de farine, surtout de vin et d'eau *en abondance.*

Mais si elle ne laisse rien prendre de ce qui est commis à sa fidèle garde, elle se laisse en *revanche* fort bien *prendre* elle-même aux séduisantes cajoleries des jeunes pensionnaires qui lui paient chaque jour un tribut d'hommages intéressés, et chaque mois une pièce de quarante sous. On la vénère, on l'encense, elle s'apitoie, elle fléchit, enfin elle est de meilleure *composition* que les alimens qu'elle distribue. Elle *a connu la vie, et sait y compâtir*.

Quand les dames pensionnaires parviennent à s'entendre assez passablement ; qu'il y a quelque analogie entre leurs âges, leurs goûts et leurs petites fortunes, elles complottent ensemble de petites parties qu'elles ne confient pas toujours à l'autorité supérieure. Elles se lancent au nombre de *dix* au concert, prennent leur essor vers une loge de *quatrièmes* qu'elles ont loué à *six*, et se permettent même, assure-t-on, les glaces *perfectionnées* de la rue Saint-Dominique-Saint-Germain.

Les dames en chambre ne *doivent* recevoir de visites qu'à la face du soleil, et ne reçoivent que celles qui peuvent être légalement autorisées ; mais aussi que de parens de toutes

4

nations, de tuteurs de tout âge, de maîtres de toutes langues s'accordent quelques dames en chambre !

Mais ce qui est fort plaisant, ce sont les *surprises* réservées au poursuivant d'une dame en chambre. Nous avons déjà admis que s'il est étranger ou seulement provincial, il n'a rien compris à la position de la dame de ses pensées. Les jeunes classiques ont vu dans le mot pension le synonyme de couvent ; ils se posent en *comte Ory*, prennent la portière pour une *tourière*, qu'ils appellent *ma sœur*, demandent humblement à entrer au parloir, tremblent d'être aperçus de la *mère abbesse*, et n'en peuvent croire leurs yeux quand ils pénètrent jusqu'à leur divinité sans encombre de grilles et de clôture.

D'autres, *les romantiques*, n'ont pas pris non plus au pied de la lettre le mot pension. Ils y vont de confiance, s'élancent sans écou-

ter les indications de la portière se précipitent
aveuglément au milieu des fourneaux, s'im-
prègnent de la fumée des côtelettes, se sauvent dans un encombrement de pupîtres et
de bancs d'école, jusqu'à ce qu'un vénérable visage de duègne arrive à leur secours,
armé d'un bout de chandelle qui pleure
sur un brûle-tout; lequel vénérable visage,
après un sermon grondeur, conduit le visi-
teur, édifié et morfondu, à la porte de la
dame qu'il demande, et qui le reçoit en
grande étiquette, en présence de quatre pensionnaires.

Il y a bien quelques-unes de ces dames
trop coquettes pour se laisser apercevoir dans
leur simple appareil de pension, et qui refusent scrupuleusement les visites d'hommes.
Quelques-unes, assure-t-on, ne se privent
que des visites de leurs amis les plus intimes.

4*

On prône surtout à ceux-là l'austérité du lieu de sa retraite.

Les dames en chambre, tant soit peu vani-
teuses , mettent assez d'ostentation à faire
porter par les gens de la maison les lettres
qui sont adressées à quelque personne *titrée*.
Mais si la correspondance est par trop souvent
de *la même au même*, la prudente dame a soin
de mettre elle-même ses lettres à la petite
poste , en allant à la grand' messe.

C'est encore par ostentation que la dame
en chambre orne le contour de sa glace des
cartes de visite qui sont autant de preuves de
la *hauteur* de ses relations. Aussi est-elle *con-
sidérée* par sa femme de ménage, qui ne net-
toie pas sa glace , de peur de troubler l'ordre
des comtes et des marquis.

Enfin , il arrive parfois que la dame en
chambre ne perd pas ses peines en s'entourant d'entraves et de gêne. Elle trouve dans

le monde enfin quelqu'un qui fait *son bonheur*
(style de femmes-de-chambre) ; elle épouse un
vieux riche goutteux, ou mieux encore un
oncle d'Amérique lui meurt, et elle se
trouve affligée d'un deuil (rigoureusement
porté) et d'un héritage très convenable. Alors
la dame en chambre se met au-dessus des
préjugés *et dans ses meubles ;* et comme toute
la gent domestique implore sa protection, elle
détourne la cuisinière pour en faire sa dame
d'atour.

C'est pourtant le seul genre de vie à la fois
économique et convenable que puissent adop-
ter tant de pauvres jeunes femmes qui viennent à Paris, de tous les points du globe,
pour chercher quelque ressource *honnête,*
afin de soulager ou même de soutenir leur famille sans fortune.

Les pensions sont des pépinières d'institu-
trices et de demoiselles de compagnie, pauvres

colombes qui parfois prennent leur vol avec l'ambition en tête et l'amour au cœur, planent vers les régions romanesques, où elles voient des lords et des palatins dans les nuages, avec des amours éternelles et des fortunes éblouissantes ; puis en reviennent à l'arche protectrice, sans y rapporter même le moindre petit rameau vert en souvenir de leur pélerinage en *terre sèche*.

UN INNOCENT LARCIN.

Malgré cette innocence de titre, n'allez pas croire qu'il vous ramène à l'âge d'or de la pastorale, et que j'aille vous entretenir d'*un ruban rose dérobé par un tendre berger à sa Glycère*. Non ; il est question simplement de ce qu'un fort galant homme prit adroitement dans la poche de son voisin.

M. de Jonkères, président du tribunal de première instance de la petite ville de ***, est

un beau vieillard à cheveux blancs ; sa croix
ne quitte jamais la boutonnière de son habit ;
il porte des souliers à boucles, et se coiffe
encore à *l'oiseau-royal* ; en un mot, c'est le
type du noble et digne magistrat. Ce soir-là,
M. de Jonkères était au spectacle avec sa fille,
jeune veuve du temps passé. Dans cette loge
se trouvait un individu parfaitement inconnu
au président ; il salue les nouveaux arrivés,
et garde sa place.

Au premier entr'acte, les yeux de l'étranger s'arrêtent avec une attention toute particulière sur un magnifique foulard des Indes,
que le président étalait et déployait avec ostentation. A ces regards d'admiration, le président prit un air modeste, et fut au moment
de répondre : Monsieur, vous êtes *trop honnête....* Le rideau se leva.

Le drame était pathétique, saisissant ; tout
le monde pleurait ; on entendait tous les mou-

choirs faire leur office. Le président veut aussi arborer son foulard ; mais il cherche en vain dans sa poche. Inquiet, il se retourne, cherche, allonge des coups de pied à ses voisins, promène ses mains dans tous les recoins de la loge. Vaines recherches : il est contraint d'essuyer avec ses gants des larmes qui deviennent de plus en plus amères.

Soudain les regards de l'admirateur du foulard lui reviennent à l'esprit ; un soupçon *serpente* dans son imagination troublée.

Le spectacle devient de plus en plus intéressant. L'étranger, placé sur le devant, se penche vers la scène, et montre au président *l'oreille accusatrice* du foulard qui sort de sa poche. Fier et radieux de cette découverte, il réprime une première exclamation, et tenant doucement ledit foulard du bout des doigts, il parvient à extirper ce corps soyeux de la gueule béante qui l'avait englouti. C'est Jonas

sauvé, dit-il en le serrant dans son gilet et se
félicitant de son habileté. Sur la fin du dernier entr'acte, le voisin, qui tâtait vivement
ses poches depuis un instant, essuie son bi-
nocle sur sa manche ; et voyant le président
agiter d'un air malin et vainqueur son mouchoir, il lui dit avec explosion :

—Vous avez là, Monsieur, un superbe foulard.

— C'est ce que je me suis laissé dire quelquefois, Monsieur ; il a fait l'envie des connais-
seurs.

— C'est que je m'y connais, Monsieur ;
c'est là ma partie : je *fais* dans les foulards.

— Je m'en étais douté, Monsieur.

Et chacun resta muet et confondu de l'ef-
fronterie de son interlocuteur.

La pièce finie, notre voyageur, les sourcils
froncés, sort de la loge sans saluer, et le pré-

Et chacun resta muet et confondu de l'ef—
fronterie de son interlocuteur.

La pièce finie, notre voyageur, les sourcils
froncés, sort de la loge sans saluer, et le président le suit du regard en murmurant : *Va,
Robert Macaire !* Mais, à l'instant où la fille du
président se débarrassait de son petit banc,
l'ouvreuse ramassa un magnifique foulard,
empêtré sous les pieds de la dame, qui le
remit à son père; et celui-ci, le portant à son
gilet, frémit et se frappa la poitrine avec les
deux foulards qui se trouvaient sous sa main.

— Ciel ! qu'ai-je fait ? Misérable ! un président escamoteur ! Où est cet honnête filou que
j'ai condamné sur l'apparence? Voilà son foulard, voici le mien : ils se ressemblent; mais
mon cœur reconnaît bien le mien, tout souillé
qu'il est de poussière. Courons, je vais restituer ce foulard.

Mais l'étranger s'était perdu dans la foule,

et force fut au président de garder le foulard. Il prit le numéro de la loge, et alla déposer à l'administration du théâtre l'objet es-
camoté.

Pendant quelques jours toutes les recherches furent inutiles : personne ne connaissait l'étranger au foulard; nul ne vint le
réclamer. Il fut rendu au président, auquel
il pesait autant sur le cœur qu'un arrêt
inique.

A quelque temps de là, le préfet du dépar-
tement convoqua les notabilités à un bal pour
la fête du roi. Le président fut un des premiers à s'y rendre; mais quel fut son trouble
en y rencontrant l'individu qu'il avait volé! Il
changea de contenance, et s'avança vivement
vers lui; mais le monsieur, paraissant peu
flatté de la rencontre, sembla disposé à éviter
tout rapprochement, et, à la faveur de la foule,
se mit à fuir le président avec autant d'em-

la basque de son habit. A ce contact, l'étranger se retourna brusquement, de l'air le plus indigné.

—Monsieur, dit le vieillard, hors d'haleine et fort troublé, Monsieur, permettez-moi de vous demander....

— Demander! dit l'autre tout étonné de cette nouvelle malice du voleur; *demander* quoi donc, Monsieur?

—Monsieur, mille pardons; je crains de me tromper....

— Vraiment.... vous n'agissez pas toujours *à coup sûr?*

— Monsieur, n'est-ce pas vous qui *faites* dans les foulards?

— Mais vous - même, Monsieur.... Quel front! murmura-t-il tout bas.

— Moi, Monsieur? dit le président d'un air de dignité offensée.

— Oui, vous, Monsieur; puisque vous

me provoquez, je vais, malgré vos cheveux blancs....

— Monsieur, permettez que je vous explique.... Il paraît que nous avons eu le même goût.

— Vous osez le dire! Mais nous devons, j'espère, n'avoir que cela de commun.

— Eh! Monsieur, ne voyez-vous pas que ce fatal mouchoir-là, rien ne lui pouvait ressembler plus qu'un autre foulard.

— Qu'est-ce donc, Messieurs? s'écrièrent des témoins scandalisés de ce bruit.

— C'est Monsieur qui s'entortille dans ses foulards.

On fit cercle, et le président, qui avait plus l'habitude de parler en public que de s'expliquer en tête-à-tête, prit la parole, et raconta l'histoire de l'échange des foulards. Puis, pour mieux convaincre l'auditoire, il envoya chez lui prendre la pièce de conviction; le foulard

accusateur fut rendu solennellement au voyageur, qui fut heureux du dénoûment, remit
avec mille excuses son foulard dans sa poche,
l'y enfonça profondément, jurant, mais un
peu tard, *qu'on ne l'y prendrait plus.*

UNE NUIT ESPAGNOLE.

Quelle est belle, la nuit, sous le ciel espagnol !...

Toutes les guitares et tous les cœurs de la
ville étaient en jeu ; l'heure de la nuit, des
soupirs et des sérénades était venue, lorsqu'un homme en costume de voyage s'avança
sur la terrasse d'un palais de Madrid, auprès
d'une femme appuyée contre la balustrade

5.

d'un jardin d'orangers. A la ceinture de cette
femme brillait un poignard, et dans ses mains
s'agitait grain à grain un chapelet.

A ce bruit de pas précipités, elle eut un
tressaillement convulsif. — Don Gusman ! s'é-
cria-t-elle.

— Rassurez-vous, Madame ; je ne viens à
cette heure avancée du soir que pour vous
faire mes derniers adieux.

— Vous êtes bien heureux de partir ! répondit-elle brièvement.

— Heureux ! dit-il avec amertume, heureux de quitter, et sans retour, ma patrie,
mes amis, ma famille ! Heureux, à trente ans,
de n'être plus qu'un vagabond sans patrie et
sans espoir ! heureux !

— Gusman, croyez-moi, il est des maux
encore plus grands ; à ceux-là pas de remède,
pas d'absence ; il n'y a qu'un moyen de s'en
guérir : c'est de s'arracher le cœur.

— Du moins, Madame, en vous quittant je vous laisse tranquille et calme. Soyez heureuse toujours, pour que je sois résigné !

— Ah ! fit-elle avec un déchirant soupir, vous méritez que je vous laisse croire à mon bonheur.

— Qu'entends-je, Inès ? vous aussi malheureuse ! Oh ! c'est alors que je ne pourrais partir.

— Non ! non ! fuyez mon malheur, Gusman ; vous êtes noble et loyal ; je vous estime autant que je voudrais vous aimer ; mais, hélas ! ma destinée est autre part que dans votre amour.

— Au moins, Inès, à défaut de l'amant, pensez au frère ; faites, je vous prie, comme si je vous aimais d'amitié, non pas d'amour.

A ces mots, les regards abattus de la jeune Espagnole s'enflammèrent ; elle saisit la main de Gusman.

— Quoi! dit-elle, l'ami vaudrait l'amant?
Quoi! vous accepteriez si je vous chargeais de
ma vengeance? Êtes-vous si fou que cela,
don Gusman?

Gusman s'assit à ses côtés, et il lui dit :

— Parlez, Inès.

—O Gusman! écoutez... Vous ne compren-
drez pas : vous êtes trop un homme d'honneur; mais vous me plaindrez, car je suis
bien malheureuse, et vous me vengerez si je
suis assez lâche pour faiblir.

Épargnez-moi des premiers détails pénibles
pour vous, déchirans pour moi. Vous avez su
quel homme j'ai préféré à votre amour....

Ne disons pas son nom, voulez-vous?

J'étais veuve, j'étais libre, j'étais la maîtresse absolue de ma fortune et de ma vie;
et... je me mis à aimer cet homme que je
ne puis même pas haïr, car il est à peine
au niveau de mon mépris; et c'est à moi

seule, à mon respect pour moi-même, que je
dois une vengeance. Fascinée par une séduc-
tion irrésistible, et toute entière à cette dangereuse félicité, je devenais d'une insensibilité
égoïste pour tout ce qui n'était pas lui. J'ai
peut-être alors, Gusman, fait des malheureux sans les plaindre ; mais c'était aussi sans
les comprendre. Encore un peu de temps d'a-
mour et de mystère, et nous pouvions être
heureux à la face du monde entier, lorsque
soudain je cessai de le voir ; et j'attendis....
Oui, moi, femme et Espagnole, j'attendis vainement.... Et après plusieurs jours de tortures
et plusieurs nuits de larmes, voyez, Gusman,
voyez ce que je reçus. Un soir qu'éperdue de
douleur je m'étais humiliée jusqu'à sa porte,
voyez ce que m'envoya ma cousine dona Sol,
la femme la plus sévère et la plus puissante
de ma famille.

Elle tendit à Gusman une lettre, un portrait

et une tresse de cheveux, et il lut ces mots à
la vive clarté de la lune :

« Si ce n'est pour vous-même, du moins
» pour l'honneur de notre famille, je dois
» vous engager à mieux placer désormais vos
» affections, et à ne confier qu'en mains sûres
» votre honneur et votre repos.

» Le portrait et les cheveux que je vous
» renvoie vous disent assez où vous en êtes,
» et à quel cœur vous avez eu affaire.

» Ce lâche s'est paré de votre amour comme
» d'un nœud de ruban à une épée, comme
» d'une plume à son chapeau. Il a fait de
» vous une fable, une nouvelle, un conte en
» l'air. Il a tout dit, depuis votre premier
» serrement de mains jusqu'à votre der-
» nier baiser. Bien plus, il a échangé vos
» cheveux contre la parure d'une autre
» femme, vos lettres d'amour contre le ren-

» dez-vous d'une autre femme. Il vous a li-
» vrée en détail à ses amis, à ses maîtresses ;
» il vous a jetée aux vents, souillée et pro-
» fanée. Le public sait par lui-même, et vous
» ignorez peut-être encore, qu'il médite un
» lâche abandon, blasé qu'il s'avoue déjà de
» relations trop faciles. Ces gages, que je
» vous restitue, se trouvent par hasard dans
» mes mains, après avoir passé par bien d'au-
» tres sans doute. Sachez apprécier l'avis que
» je vous donne ; c'est la meilleure et la der-
» nière preuve d'intérêt que vous deviez at-
» tendre de moi. »

— Le misérable ! s'écria Gusman.

— Oui, le misérable ! Je lui ai écrit, et il
ne s'est pas défendu. Cependant il est à Madrid, et je n'ai rien reçu de lui, et je ne l'ai
pas vu ! Mes lettres, mes messages sont restés
sans réponse. Malheureuse que je suis ! j'au-

rais pu lui pardonner ses crimes et ses lâ-
chetés si j'avais dû le revoir encore ; j'aurais
pu me résigner à son inconstance, si du
moins il m'eût laissé l'honneur. Mais tout me
manque à la fois.

Puis elle se tut, elle pleura de dédain ; puis,
relevant la tête :

— C'est cette nuit, dit-elle, que je me
venge, cette nuit même. Il y a bal masqué à
l'ambassade anglaise ; il y va, et j'y serai.
C'est un homme mort cette nuit, aussi vrai
que je suis une chrétienne, que ceci est un
chapelet, et ceci un poignard. Je laverai dans
son sang la tache dont il souille ma vie.

— Inès, calmez-vous ; confiez-moi votre
vengeance.

— Oh non ! dit-elle avec un rire amer ; je
ne me laisse pas ravir jusqu'à cette dernière
joie.... Je suis à lui !... il a osé le dire.... A
lui ma tendresse ou ma vengeance. Ah ! je ne

serai pas parjure, moi, aux sermens qui con-
sacrent ma haine, — cette haine *vierge*, —
dont il est le premier et unique objet.

— Je veux vous suivre.

— Écoutez. Dans cette œuvre de sang, je
veux être seule. Ne me suivez pas, laissez-
moi frapper tout à l'aise; je sais à quelle
place le coup est sûr. A moi l'honneur du
crime qui doit cette nuit ensanglanter le bal!

Elle dit, et, légère comme une ombre, elle
disparut, laissant Gusman attéré, sous le
poids d'une effroyable incertitude.

— Je ne puis plus partir, se dit-il en quittant la terrasse. En même temps, il marchait
à cet hôtel tout resplendissant de bruit, d'é-
clat et de lumière. Toute l'Espagne était là
sous la mantille et sous le masque; le murmure d'amour s'épanouit doucement sous les
grenadiers en fleurs; les petits pieds repo-
sent à peine sur ces riches arabesques; l'eau

murmure dans les bassins de marbre; la dentelle s'agite au souffle parfumé; l'œil brille. Dieu garde que les jeunes [tailles ne se brisent en deux, que ces jambes si fines ne volent en éclats, que ces longs cheveux ne soient envieux de ces longs voiles! Dans cette foule amoureuse, animée, sérieuse à force de plaisir, était Inès. Gusman l'avait suivie. Carlos, — le lâche s'appelait Carlos, — se promenait au milieu du bal. Il ne voyait pas ce feu noir qui s'était posé sur lui.

Après s'être promené quelque temps seul et d'un air froid, distrait, il s'était arrêté dans un coin de la salle; appuyé contre une colonne, son attitude pensive et nonchalante semblait l'offrir au coup qui le menaçait.

Le cœur d'Inès battit avec violence; elle s'arrêta pour interroger sa colère et lui dire : — *Es-tu là?* Son sang ne me suffit pas : c'est

sa mort qu'il me faut. O mon Dieu, donnez-
moi, en ce moment suprême, l'énergie d'une
vie entière pour le frapper, tenir mon poignard enfoncé dans son cœur, et rester à visage découvert près du cadavre sanglant!...
Il me faut assez de vie et de force pour pro-
clamer et justifier ma vengeance.... Puis, les
lois humaines, qui n'eussent pas puni mon in-
jure, me délivreront d'une existence qu'il a
empoisonnée!

Vain effort! le courage lui manqua, comme
la vengeance.

Elle fit quelques pas incertains et chance-
lans; un nuage de sang passa devant sa vue,
et sa tête tomba sur son sein, pesante comme
le plomb. Gusman, attentif à ses mouvemens,
s'élance vers elle à l'instant même où elle
perd connaissance; et, dérobant adroitement
dans les plis de son manteau le poignard qui
lui échappait, il l'entraîne vers la porte, et,

à la faveur de la foule, se dérobe aux regards curieux.

Inès ne reprit ses sens que chez elle ; en ouvrant les yeux, et voyant devant elle Gusman seul, debout, son poignard et son masque à la main, elle fit un violent effort pour s'élancer hors de sa chambre, retomba sans force et se prit à pleurer.

— Inès, reprenez courage, et comptez sur moi.

— Compter sur vous, Gusman, quand je ne puis compter sur moi-même, faible et lâche que je suis ! Oh ! c'est en ce moment surtout que je me sens vouée à toutes les hontes ! Je meurs, mais je ne puis le haïr ! je ne sais pas me venger ! Il ne peut me plaindre ; il ne doit plus me craindre : je dois inspirer encore plus de mépris que de pitié !

— Non, Inès ; vous vous relèverez noble et forte. Soyez le juge, je serai l'épée. Parlez donc !

— Voici mon arrêt, Gusman. Je n'accepte votre vie qu'en échange de la sienne; qu'il meure, et je suis à vous.

Ceci dit, Gusman descendit par le jardin, pour arriver plus tôt à cette fête. Jamais épée ne marcha plus vite et plus altérée. Mais, au moment de sortir, il entendit près de lui, sous les arbres, un murmure de voix; il s'arrêta, prêtant l'oreille. Un homme à la livrée de dona Sol passait avec une femme qu'il reconnut pour la camériste de dona Inès, et il entendit quelques mots qui éveillèrent toute son attention.

— Espères-tu, Diégo, que ta maîtresse ne s'aperçoive pas de tes absences?

— Non; elle ne voudra rien voir de ce qui m'est défavorable. J'ai des droits, tu le sais, à son indulgence.

— Elle se croit peut-être quitte de tout en te payant bien.

— Il est vrai qu'elle est généreuse ; mais aussi son projet lui tient bien au cœur. Je suis sûr qu'elle ne détourne don Carlos de dona Inès, que pour se l'attacher. Mais dis-moi, Laura, m'as-tu donné toutes les lettres que tu as eu l'adresse d'intercepter ? car elle m'en demandera un compte exact.

— Tu les as toutes, ainsi que les lettres de dona Inès pour don Carlos. Remets-les aussi fidèlement que les cheveux dérobés par les bandits.

A ces mots, don Gusman redouble d'attention, et, s'avançant sur les pas de ces deux misérables, il les vit atteindre un mur peu élevé qui séparait le jardin de celui de dona Sol. Diégo se mit en devoir d'escalader le mur ; mais, au moment où il allait disparaître de l'autre côté, un paquet de papiers tomba de sa poche. Laura se précipitait pour le ramasser ; déjà Gusman, plus alerte, s'en était saisi.

Elle poussa un cri d'effroi auquel répondit Diégo, et tous deux prirent la fuite. Don Gusman ouvrit précipitamment les lettres à l'adresse de dona Inès, portant les armes et la signature de don Carlos. Il vit, par la date, que quelques-unes étaient écrites depuis huit jours. Dans la première, Carlos se plaignait d'un vol nocturne qui lui avait enlevé ce qu'il possédait de plus précieux au monde, les gages d'amour de dona Inès; puis il s'étonnait d'un silence et d'une insensibilité qu'il ne pouvait s'expliquer et qu'il craignait de comprendre. Il avait fait enfin une absence de six jours, et, arrivé de la veille à Madrid, il demandait une seule entrevue pour se justifier et pour rentrer en grâce auprès de sa dame souveraine. Il terminait ainsi sa dernière lettre :

« Ma tête se perd, chère Inès. Je vous écris

6

» après tant d'heures d'inutile attente. Si vous

» ne pouvez ni croire ni comprendre ce que

» je souffre, vous êtes encore plus à plaindre

» que moi. Mais je ne veux vous juger que

» d'après mon cœur. Je ne puis ajouter foi à

» tout ce que les envieux de mon bonheur

» passé veulent me faire supposer : je vous

» aime trop pour ne pas croire en vous. Ce-

» pendant, soyez-moi bonne et favorable ;

» tendez-moi encore une fois cette main ado-

» rée ! J'irai au bal pour vous y rencontrer ;

» si vous n'y venez pas, je resterai toute la

» nuit à attendre, sous les murs de votre jar-

» din, un signal que je réclame comme un

» suprême arrêt. Je ne reçois rien, et vous

» êtes tout pour moi. Si vous me manquez,

» ayez du moins la loyale cruauté de me le

» dire : il faut que ce soit de vous-même que

» je reçoive le coup mortel. Vivez heureuse

» s'il vous est possible de m'oublier ! Jamais

» il ne vous sera demandé compte d'un bon-
» heur et d'une vie dont vous étiez le seul
» arbitre. »

En achevant la lecture de cette lettre, Gusman sortit du jardin, et, se trouvant sur la
rive du Mançanarez, il découvrit, à quelques
pas de distance, un chevalier enveloppé d'un
manteau, et qui restait immobile à contempler les murailles du jardin et les fenêtres
d'Inès. A la vue de Gusman, qu'il prit pour un
rival heureux, le jeune homme se troubla et
porta la main à sa dague.

— Don Carlos! s'écria Gusman avec une
joie féroce: il était donc écrit que cette nuit
nous devions croiser nos armes! Vous venez
de vous-même au-devant de la mort qui vous
cherche!

— Je me vengerai sur vous de ce que pour
vous elle me fait souffrir!...

6.

Gusman fit un mouvement de fureur; puis soudain, rejetant son arme dans le fleuve :

— Insensé, qui me croyez heureux! dit-il; écoutez-moi, et jugez-nous. Il y a un quart-d'heure à peine que j'ai tiré ma dague, avec serment de ne la remettre dans son fourreau que rougie de votre sang : alors j'eusse donné l'empire du monde pour me trouver face à face avec vous. En ce moment, je donnerais jusqu'à l'amour de dona Inès pour vous croire encore coupable; mais peu d'instans ont suffi pour m'éclairer : le hasard ou la Providence a fait tomber entre mes mains des preuves irrécusables en votre faveur. Je devais punir un traître (noble mission qui sanctifie le crime !); mon bonheur était le prix de cette vengeance....; mais ma conscience d'homme d'honneur me reprocherait désormais votre mort comme un vil assassinat.

— Je ne puis comprendre votre conduite.

Êtes-vous dans les confidences de dona Inès ? et à quel titre ? et de quel droit ?

— De celui d'un ami qui l'aime en amant. Je devais être son défenseur ; mais je veux lui rendre un bonheur qu'elle avait perdu sans retour et qu'elle eût pleuré toute sa vie ; je veux lui rendre sa confiance en votre cœur, sa foi dans l'amour. Suivez-moi : je vais la préparer à votre présence et lui montrer les lettres interceptées par les trames perfides de dona Sol.

Carlos frémit en reconnaissant ces papiers, en découvrant ce piége infernal.

En peu de minutes les deux Espagnols étaient chez dona Inès ; Gusman pénétra le premier auprès d'elle.

— Que m'apportez-vous de lui ? s'écria-t-elle dans l'exaltation de la démence.

— J'apporte son innocence, Inès, et je vous donne ainsi la plus forte preuve d'amour.

Inès poussa un cri de joie en parcourant ces lettres jointes aux siennes, tandis que Gusman, d'une voix brève, lui disait par quelle étrange circonstance il avait enfin découvert la vérité.

— Carlos! cher Carlos! s'écriait Inès, où est-il? L'aurais-je assassiné? Non! Je le voulais; mais mon bon ange a fait trembler mon bras. O merci, mon Dieu! merci!

Et elle lança avec force son poignard dans la boiserie, et baisa avec ferveur la croix de son chapelet.

Gusman ouvrit la porte à don Carlos, qui vint prendre la main que lui tendait Inès.

— Vous avez pu me croire capable d'une lâche trahison? dit-il avec douleur.

—Oh! j'étais folle en votre absence comme je le suis à votre retour. O Gusman! je vous dois plus que la vie! Qui nous acquittera envers vous?

—Votre bonheur ! Pour moi, heureux d'en être la cause, trop faible encore pour en être le témoin, je vous quitte, Inès, en me félicitant d'avoir tout tenté pour vous faire mes derniers adieux.

Les premiers rayons du jour glissaient furtifs entre les soyeux rideaux, et par les jalousies demi-closes pénétraient encore les sons adoucis des lointaines sérénades, qui répétaient pour dernier refrain : *Qu'elle est belle, la nuit, sous le ciel espagnol !*

Si vous trouvez l'histoire invraisemblable, tant pis pour vous ; elle est espagnole, c'est tout vous dire. Elle est du bon temps où les poètes eux-mêmes croyaient à l'amour, où le roman croyait à l'amour. Nous avons changé tout cela, nous autres : aujourd'hui, ce qui désole les amans, ce ne sont ni les absences prolongées, ni les trahisons, ni les perfidies ; — ce sont les amours qui durent plus d'une semaine, les sermens éternels, les maîtresses fidèles et les amans dévoués.

Voilà pourquoi je vous demande pardon de vous avoir fait cette histoire plus incroyable qu'un conte des *Mille et une Nuits*.

OUÏ-DIRE

LES BALS MASQUÉS.

> Voilà ce qu'on dit,
> Ce que l'on dit, car
> Dans tous nos foyers on est si bavard.
> (Eugène SCRIBE.)

Il en est des choses comme des hommes ;
tout ici-bas a sa réputation (faite sur l'apparence) et subsiste éternellement là-dessus : —

Chaque plaisir a son épithète obligée, telle
l'*orgie échevelée*, tel l'*archet de la folie*, etc.
Ainsi le bal masqué passera jusqu'à la postérité la plus reculée comme un lieu de plaisir
fou et effréné, tandis que c'est plutôt, à ce
qu'il paraît, une succursale de la Bourse, où
se donnent des *rendez-vous d'affaires*.

N'existait-il pas, dans l'antiquité, une certaine coutume qui obligeait, pendant certains
jours de l'année, les maîtres à servir leurs
esclaves? Ainsi nos bals masqués sont une
époque de renversement social ; les femmes
règnent, elles sont souveraines et maîtresses,
elles ont la liberté du choix, le droit du changement, et changeant de rôle avec les hommes,
elles se vengent, font à leur tour des dupes,
des victimes, et exercent sans miséricorde
une redoutable puissance de *réaction*.

Les *bals masqués*! C'est le rêve de toutes
les jeunes femmes, de toutes les jeunes

filles plus ou moins émancipées. Elles croient avoir tout à y gagner. Les hommes, au contraire, n'ont guère à gagner que des conquêtes peu désirables.

Il est pourtant, assure-t-on, une chance assez agréable, et celle-là vaut la peine qu'on s'expose à quelques périls : c'est de rencontrer sous le masque l'*innocence* et la *candeur*, et cela par l'excellente raison qu'il n'y a que l'extrême innocence et la plus naïve candeur qui se laissent prendre aux piéges du bal masqué.

Mais l'innocence ne *hante* pas semblables lieux ? O mon Dieu, si fait ! — La *vertu* peut-être non, mais l'innocence ! (et il ne faut pas confondre) l'innocence se montre toujours où il y a du danger ! — C'est innombrable ce qu'il est à Paris de jeunes têtes dans lesquelles fermentent des idées folles, éveillées par une lecture dangereuse, ou un récit imprudent !

Combien de pauvres jeunes filles se sauvent, s'esquivent du sein de leurs familles, au risque d'encourir toutes les malédictions paternelles et maternelles, et viennent, noires corneilles effarouchées, s'abattre au bal masqué, sur le premier venu qui leur conte fadaises et fleurettes, passe pour l'*idéal* en question dans tous les jeunes cœurs, et finit par commencer une démoralisation qui portera peut-être ses fruits maudits de génération en génération.

Il n'est personne, habitué du bal masqué, qui ne puisse se rappeler quelque aventure dans le genre de ce que nous venons d'indiquer.

Donc, si les hommes perdent leur temps, pour la plupart, au bal masqué, ils ont aussi des chances d'y trouver l'innocence la plus désintéressée et la plus *confiante*.

Mais l'innocence n'est pas en majorité au bal masqué. Qui pourrait dire les nombreuses perfidies et trahisons qui sont concertées et exécutées dans l'ombre de la nuit de ces fameux bals !

Il n'est, dit-on, sorte de déguisemens que n'invente la femme qui ne veut pas être reconnue d'un jaloux ! de précaution qu'elle ne prenne, de minuties auxquelles elle ne s'arrête — toute idée extravagante et bizarre lui entre en tête — hors cependant celle de se grossir le pied ou d'arborer des cheveux gris !

Mais c'est le chapitre des *prétextes* qui est le plus amusant. — Les femmes prudentes ne s'aventurent qu'avec de bonnes précautions. Une d'elles, a-t-on dit, devait montrer à l'Othello furieux un billet anonyme, revêtu de tous les timbres de la poste, contenant de graves accusations contre ledit Othello, — et invitant la pauvre *victime* à se trouver au bal masqué pour y acquérir par ses *propres* yeux toute espèce de *preuve* (dont la plus évidente

est bien certainement la *présence* de l'Othello
ci-dessus mentionné.

Les malins disent qu'il y a aussi aux bals
masqués nombre de maris ou de tuteurs qui y
conduisent complaisamment de jeunes femmes
dans l'unique but de les guérir pour leur vie
entière de cette fantaisie. — Ces prudens
mentors ne les quittent pas, ou, s'ils les aban-
donnent un instant à elles-mêmes pour leur
faire acquérir de l'expérience à leurs dépens,
ils ne s'en dessaisissent que dans l'endroit le
plus encombré, et le moins *bien composé* de
toute la salle, afin que ces pauvres petites,
toutes effarouchées, heurtées, meurtries, as-
phyxiées, soient portées par la foule grossière
et repoussante, jusqu'à leurs bras auxquels
elles s'attachent comme au branchage d'un
saule libérateur, ne sachant à quel diable se
vouer. Leurs guides, toujours grâcieux, les
conduisent au sortir de là prendre un mauvais

bouillon et des huîtres gelées, et ont bien la
précaution de faire passer leur voiture au petit
jour sur le chemin de la Courtille, où tout ce
qu'on voit, tout ce qu'on entend d'ignoble et
de dégoûtant, achève de les *indisposer* contre
les bals masqués et tout ce qui s'ensuit.

Il paraît qu'il y a encore de tendres couples
qui viennent ensemble au bal masqué pour
ne pas se quitter d'un seul instant. Ils se tiennent fidèle compagnie et s'ennuient avec une
rare émulation. — En vérité, les gens qui ont
besoin d'en finir avec l'existence, ne devraient
jamais choisir d'autre genre de suicide que
celui-ci : Venir ensemble au bal masqué, et
se procurer ainsi double chance de mort :
l'ennui et l'asphyxie !

Il doit aussi se passer des scènes bien dramatiques dans ces bals si gais, si bruyans ;
que de tristes dominos viennent seuls, errer là
comme des âmes en peine pour revoir les

lieux qui leur rappellent de chers et lointains souvenirs ! — Ils ne parlent ni ne répondent, et, solitaires au milieu de la foule,
ils souffrent et *personne n'y pense!*... Pas
même celui en l'honneur de qui leurs masques sont humides de pleurs !—Souvent aussi
ces douleurs *dignes* et résignées ont inspiré
quelque touchante sympathie ! — On a vu,
assure-t-on, de sérieuses et *pures amitiés*
prendre naissance en ce *temple de la frivolité.*

La foule *dansante* de l'intérieur de la salle
mérite une mention toute particulière : c'est,
dit-on, un tourbillon infernal! Ce ne sont plus
des êtres humains, ce sont des démons au sab-
bat ; ils se renversent, sans se blesser, fen-
dent la presse sans rien heurter; ils sont ici,
là, partout en même temps.—La foule entière
n'est qu'un corps immense aux dix mille bras,
aux dix mille jambes dont les mouvemens
sont dirigés par l'impulsion magnétique du fa-

meux Musard. — Parfois la grande voix de la
foule se mèle à la musique formidable de
l'orchestre et des tambours ; dans un galop
étourdissant, c'est vraiment un bruit d'infer-
nale majesté.

Pas n'est besoin, sans doute, que l'on dise
que, s'il est flatteur de ramener les femmes
du bal masqué, il est tout le *contraire* de les
y conduire. Si les femmes que vous en rame-
nez se perdent par votre faute, celles que vous
y menez au contraire vous *perdent* par la
leur. Elles vous ont pris comme maintien,
comme contenance ; elles ont accepté un dîner, des glaces, une loge à un spectacle, pour
occuper leur soirée jusqu'à l'heure de *Cen-
drillon*, et n'ont rien de plus pressé que de
se débarrasser de vous à la première attaque
de débardeurs ! Donc elles vous perdent dans
la foule, — vous cherchent partout, dans les
loges, dans les baignoires,—espèrent vous re-

7

trouver en acceptant à souper au Café Anglais, — et le lendemain de bonne heure en-
voient chez vous s'informer de ce que vous
êtes devenu, et vous témoigner mille regrets
de cette séparation.

Et vous en êtes pour votre dîner fin , vos
glaces, vos loges, vos billets ; — Ces dames
pour une nuit de recherches et d'alarmes !...
Et vous vous promettez mutuellement de vous
en dédommager à la première occasion.

Tout homme qui veut séduire quelque domino (noir jusqu'aux dents) a la prétention
de vivre à Paris pour son *plaisir*, et d'avoir
surtout envie de dépenser beaucoup d'argent.
Chaque domino a la fatuité de prétendre venir
au bal masqué pour la *première fois* , d'avoir
des argus sévères à redouter, et de ne pouvoir
rentrer au logis paternel ou conjugal qu'au
péril de sa vie.

Enfin, comme on n'en meurt pourtant pas,

tout ce monde retourne au bal masqué, se réservant de le nier effrontément à la lueur du soleil.

Que de mystifications ce soleil du lendemain éclaire sans doute! Que de vieux ou laids visages apparaissent à la place de ce qu'on avait *deviné* à travers le masque! Que de personnages dupés allant en grande hâte chercher leurs belles à de fausses adresses! Que de maris plus *maris* que jamais! Que de douleurs, de pleurésies et de fluxions! Les médecins ont aussi leur part de bonnes fortunes, et le monde ne finit pas!

7.

LE FIDÈLE ARBATE.

Sans aller jusqu'au Monomotapa chercher de *vrais amis*, reproduisons sous ce titre, *renouvelé des Grecs*, le portrait d'un de ces amis comme il en est trop peu, comme il en faudrait beaucoup. Il faut en connaître de ces amis-là pour les comprendre ; il faut les voir, et copier d'après nature.

C'est un genre à part, une *nature mixte*, qui tient un juste-milieu entre plusieurs types fort connus. Je n'entends désigner ni l'*ami de tout le monde*, ni le simple *confident*, encore moins le *parasite*. Je parle d'un homme jeune, élégant, souvent spirituel, mais toujours *sous le bon plaisir de ses amis*. C'est un être précieux, tellement qu'on se l'arrache ; qui sert à la fois de *confident*, de *témoin*, d'*arbitre*, de *contraste*, et surtout de *prétexte*.

Qu'il est commode de pouvoir répondre à toutes sortes de questions plus ou moins discrètes : « J'étais chez Arbate. — Demandez plutôt à Arbate. — Je suis désolé ; mais Arbate m'attend. — C'est une affaire qui concerne Arbate ; — etc. »

Et cependant les amies des amis de ce commode Arbate le bénissent, le chérissent, le comblent de mille gracieusetés et de coquetteries toujours sans conséquence, mais toujours fort agréables *à glaner* pour Arbate ; car, s'il est prétexte, il est en même temps

confident, et de *confident* il devient *arbitre*.
Aussi le fidèle Arbate vit dans un état perpé-
tuel d'émotions qui jettent quelque reflet d'intérêt sur son existence. Ce ne sont qu'expli-
cations, justifications, combinaisons, compli-
cations de toutes sortes. Il est forcé de rester
chez lui pour attendre les confidences, dites
confessions, des victimes de ses intimes. Il
distribue avec discernement des consolations
et exhortations dans l'intérêt du bien public ;
il prêche la paix, l'union, l'oubli des offenses;
reçoit les confidences de deux rivales, fait
avec chacune d'elles des *paris* sur tel ou tel
événement préparé d'avance, amené par lui-
même. Il parle toutes les langues, risque tous
les langages, prend tous les rôles pour servir
ses amis, et se charge même, au besoin, de
l'emploi d'*amoureux*, pour donner le change,
dépister des soupçons jaloux ou tout autre
sentiment importun. Aussi les femmes doivent-

elles se méfier de la passion subite et impré-
vue qui naîtrait au cœur d'Arbate. C'est un
manége qui sent son Alcibiade; c'est, du reste,
une sorte de fidéi-commis dont il est trop délicat pour abuser : Arbate est platonique.

Bien plus : un de ses amis choisit-il une
cravate de mauvais goût, une robe de
chambre à faire mourir de rire? Arbate ad-
mire, et va jusqu'à se commander immédiatement des objets tout pareils. — Un autre ami
a-t-il pour amie une femme *bas-bleu?* Arbate,
qui a du goût, supporte le plan des pièces,
subit les articles, et se dévoue jusqu'à lire des
manuscrits; il donne des idées et fait des
couplets, et se trouve collaborateur de fait et
non de nom.

Arbate, quoique peu *solitaire*, sait tout,
voit tout, entend tout ce qui concerne les di-
vers *ménages* de ses amis. Il connaît mieux
qu'eux-mêmes (impartial qu'il est) les goûts,

le caractère et même la santé de ces dames.
Arbate a la survivance du médecin complaisant et de *l'Abbé Coquet*. Dans une réunion, il sait que telle ou telle jolie personne a besoin de beaucoup de crême dans son thé, mais que telle autre peut se risquer au punch, etc.

Arbate a, en outre, mille talens de société, aussi utiles qu'agréables : il fait des tours plus ou moins adroits, il magnétise, il endort, et au besoin se mêlerait de *bonne fortune*.

Arbate est toujours un fils de bonne famille, qui a des dettes et des oncles à héritage ; et s'il a quelque crédit, il en use de façon à se croire constamment à la *veille de Sainte-Pélagie*. C'est là surtout que les amis se montrent, pour boire du champagne à notre miraculeuse délivrance.

Enfin, dans l'ordre de choses existant, Arbate est heureux, Arbate est utile, Arbate est aimé de tout ce qui aime ses amis. Il sup-

porte noblement les charges du beau rôle de
confident ; c'est lui qui essuie le premier feu
des fureurs jalouses. Au milieu d'une contre-
danse, on voit sa danseuse frémir, lancer des
regards étincelans, serrer sa main avec fré-
nésie. Mais Arbate, qui n'est point fat, prend
comme il le faut ce *contre-coup*, et endosse
de bonne grâce les suites des quelques légè-
retés de son vis-à-vis.

Arbate passe pour un juge intègre, un *Pâ-
ris* incorruptible. Il a toujours la politesse de
ne jamais faire trop d'éloges des beautés
qu'admirent ses amis ; — attention si délicate,
que parfois lesdites beautés n'en apprécient
pas au juste tout le mérite.

O Arbate ! ô Pylade ! que le ciel vous gratifie donc une fois, entre tous vos amis, d'un
homme célèbre qui, pour *faire du cœur*, vous
pose aussi en célébrité ; qui vous fasse gra-
viter, bonne petite planète, autour de son

astre ! Vous serez considéré, et l'on vous dé-
signera ainsi dans le monde : *Pylade inventé
par Oreste.*

MARIE,

OU LA FATALITÉ.

Dans une petite ville frontière de l'Allema-
gne vivait une vieille dame en la plus profonde retraite, ne révélant son existence que
par les bonnes œuvres d'une piété austère et
d'une charité évangélique ; cette dame élevait
d'une manière presque claustrale une jeune
orpheline. L'enfant ne connaissait aucun parent ; mais cependant une invisible surveil-

lance la protégeait, et outre une forte pension
régulièrement payée, elle recevait des pré-
sens qui annonçaient une grande fortune. La
vieille dame était digne de cette précieuse tu-
telle ; par les qualités de son esprit, autant que
par celles de son cœur, elle sut développer
dans cette âme facilement ouverte aux impressions, les germes de tous les sentimens généreux et élevés.

Ces deux femmes, réunies par une sympathie presque maternelle et filiale, faisaient de
longues séances à l'église ensemble ; elles en-
treprenaient de lointaines promenades. Personne n'était admis dans leur retraite modeste
et austère et pas même l'ennui n'y pénétrait.
Parfois la jeune fille, nommée Marie, parlait
du seul parent dont on lui eût enfin avoué
l'existence ; elle désirait vivement connaître
ce représentant de sa mystérieuse famille.—
Ma chère enfant, lui répondait sa protectrice,

votre père est proscrit, forcé de cacher sa vie ;
un jour, peut-être, Dieu permettra-t-il que
vous soyez réunis, et alors votre père trou-
vera dans vos soins et votre tendresse l'oubli
et la consolation de tous ses malheurs.

Cependant, toujours caché dans cette ombre bienfaisante, le père de Marie lui envoyait
sans cesse de nouvelles preuves de sa tendresse, et la vie se passait ainsi à attendre, à
espérer, à grandir ; mais, hélas ! la respectable
mère adoptive de cette jeune fille tomba malade, et ce fut alors, qu'à l'âge de seize ans,
Marie put entrevoir pour la première fois ce
père inconnu. Il arriva près du lit de mort
de sa vieille amie pour reprendre de ses
mains le dépôt qu'il lui avait confié. Cet homme
était d'une taille et d'une figure imposantes ;
le cœur de sa fille se sentait à la fois attiré et
glacé à son aspect ; elle se sentait défaillir,
tandis que sa protectrice, la tenant par la

main, disait à l'étranger, car il l'était encore
pour son enfant :

—Reprenez-là ! Elle est digne du plus noble
père; tant que j'ai pu, je l'ai préparée à vous
aimer et vous respecter.

A ces mots, la sombre physionomie de cet
homme se contracta douloureusement, et le
père et la fille s'embrassèrent pour la première fois.

Peu d'heures après cette solennelle entrevue
ils pleurèrent ensemble la seconde mère de
Marie, et à peine ses funérailles furent-elles
terminées, que le père emmena sa fille la
nuit, dans une voiture si exactement fermée,
qu'elle ne put voir aucun des lieux où ils passèrent. Peu de paroles s'échangèrent entre
eux ; ils semblaient mutuellement se craindre. La seconde nuit de leur voyage, ils des-
cendirent dans une ville étrangère, à la
porte d'une maison de peu d'apparence,

mais dont l'intérieur était plein de recherche.

— J'espère, ma fille, lui dit cet homme, que cette maison ne vous semblera pas plus triste que celle d'où vous sortez ; vous y aurez la même occupation, les mêmes habitudes ; je vous promets les mêmes soins et la plus tendre affection.

Le lendemain, en effet, la jeune fille trouva que la maison était riche et commode ; rien n'y manquait, et les livres, les fleurs, les tableaux : pour les domestiques, ils étaient relégués loin de son appartement ; une petite fille seule la servait et pouvait lui parler.

A l'heure du déjeuner, son père lui dit qu'elle allait voir à leur table un homme qui lui était sincèrement attaché, le seul qui connût ses secrets et lui témoignât quelque dévouement. «Henrich, lui dit-il, est mon ami, le compagnon fidèle de ma solitude et de ma disgrâce ; je l'aime comme un fils. »

8

Et ce pauvre petit cœur de seize ans promettait déjà d'aimer Henrich comme un frère,
lorsqu'à l'aspect de ce jeune homme Marie
éprouva une seconde fois cette impression
froide et aiguë, comme celle d'une blessure au
cœur.

Henrich était beau, ses manières étaient
convenables sans être distinguées ; mais Marie
n'ayant jamais vu le monde, ne pouvait que
sentir et non juger ; cet homme lui déplaisait
sans qu'elle sût s'expliquer à elle-même pourquoi, et elle se reprochait de ne pas aimer
l'ami de son père.

Pour Henrich, il parut vivement impres-
sionné à la vue de Marie, dont l'angélique aspect avait le pouvoir de dérider même le front
soucieux de son père ; elle revint bientôt à
cette vie sédentaire et calme pour laquelle on
l'avait élevée seulement. Ce qui l'inquiétait,
c'était cette séquestration absolue du monde,

cette solitude profonde dont elle ne recevait
nulle explication, non plus que des fréquentes
absences que son père faisait avec Henrich,
et dont on ne parlait jamais devant elle ; lorsqu'elle sortait, c'était en voiture, pour aller
au loin faire des promenades solitaires ; lorsqu'elle allait à l'église, c'était dans une petite
tribune grillée où nul regard profane ne pouvait pénétrer.

Mais bientôt de plus pénibles inquiétudes
vinrent troubler cette pauvre enfant. La santé
de son père s'affaiblit de jour en jour, et il té-
moignait alors de vives alarmes pour l'avenir
de sa fille. Alors les regards d'Henrich semblaient vouloir la rassurer ; mais la jeune fille
paraissait craindre cette protection fatale ; son
père lui dit enfin un jour qu'il sentait trop
n'avoir plus que peu de temps à vivre pour ne
pas s'occuper activement de fixer son sort ; il
lui déclara qu'il désirait lui faire épouser Hen-

8.

rich, et remarquant son émotion à ces paroles, il ajouta, en soupirant, qu'elle n'avait pas au monde d'autre parti à prendre.

—Et Dieu ne peut-il rien pour moi, s'écriait-elle; si le monde repousse la fille d'un proscrit, ne puis-je me jeter dans les bras de la religion et prendre le voile?

—Et alors que deviendront, dit le père avec une expression étrange, que deviendront tous les rêves que j'ai faits pour toi? Le fruit des peines de ma rude carrière ne doit pas être enfoui dans un cloître; ma fille, tu es mon seul espoir, la seule récompense promise à mon fidèle Henrich; tu ne peux, ne dois avoir d'autre avenir que celui que je t'ai préparé avec lui.

Marie aimait et craignait son père; il lui fallut obéir.

Henrich paraissait heureux, mais par éclairs; car le plus souvent il était sombre et inquiet auprès de sa fiancée, comme s'il eût eu à faire

quelqu'importante et funeste confidence qui
dût décider du sort de leur vie entière ; mais
le père de Marie, observant son trouble, pro-
nonça cet arrêt :

—Que ta fiancée soit ta femme; le culte de
Marie pour l'honneur doit vous séparer ou
vous réunir à jamais.

Et la jeune fille éprouvait, à l'approche de
de cette union, comme un pressentiment d'une
lamentable catastrophe.

Peu de jours après ce mystérieux mariage,
célébré la nuit dans une chapelle retirée, on
vit Henrich disparaître. Ces absences lui
avaient toujours paru inexplicables; dans son
agitation, elle fit sa confidence à l'enfant qui
la servait, et la chargea de découvrir ce secret.
Le jour même du retour de son mari, elle fut
entraînée au fond du jardin par son argus qui,
d'un air solennel, lui dit qu'elle avait une affreuse révélation à lui faire. Henrich, attentif

à leurs mouvemens, les suivit, en se dérobant
à leur vue, et, caché par un taillis, il entendit un murmure de voix émues, puis tout-
à-coup ce cri :

— Femme d'un bourreau! j'en mourrai !—
Il s'élança vers elle, la confidente prit la fuite à
son aspect; sa femme tomba évanouie, et lorsqu'il l'eut fait revenir à elle, il ne put soutenir
les regards de cette victime qui n'espérait plus
que la mort.

Mais elle devait songer à un devoir sacré,
celui de soigner son père qui était revenu en
proie à des douleurs si cruelles, que la pitié
l'emportait encore sur l'horreur qu'il inspirait
à sa malheureuse fille.

Il ne parla pas d'Henrich, qui ne parut point
auprès de lui et s'éloigna même, pendant quelque temps, de la triste Marie qui pleurait et
priait sans relâche, hâtant, par ses soins em-
pressés, la guérison de son père qu'elle regar-

dait comme l'affranchissement de tout lien terrestre pour elle.

Malgré ses peines et ses veilles, ses vœux ne furent pas réalisés. La maladie aiguë de son père et l'absence de son mari se prolongeaient, et l'infortunée, au cœur si pur, ne pouvait reposer sa pensée que dans l'espoir d'une mort prochaine; tout ce qui l'entourait et jusqu'à elle-même lui était un objet d'infamie, et, près de son père mourant, elle maudissait le jour de sa naissance. Elle ne pouvait penser sans haine et sans horreur à l'homme qui avait infligé à sa vie une seconde flétrissure. Hélas! un mois plus tard, lorsque son père à l'agonie lui dit encore qu'elle devait consacrer sa vie à Henrich, la malheureuse jeune femme comprit que, pour comble d'infortune, cette affreuse extrémité était devenue pour elle encore un *devoir* auquel elle n'eût pu échapper par la mort, qu'en commettant un *double crime*, et elle avait de la foi...

Des souffrances inconnues lui révélaient enfin un malheur inexprimable, un malheur qui lui défendait de vouloir mourir.

—Ma fille, lui dit le malade d'une voix ferme : Henrich m'a tout appris. J'ai compris tout ce que tu n'oses peut-être encore t'avouer à toi-même. Ma fille, tu crois à la Providence! Suis ses voies avec résignation; souillée aux yeux du monde, quoiqu'innocente, cède au dernier vœu de ton père meurtrier, quoiqu'innocent. Sauve ce que tu peux conserver d'honneur intact à notre race maudite! Sois la femme fidèle et dévouée de l'homme qui peut seul légitimer pour toi le titre de mère.

— La vie n'est donc qu'un martyre? demanda-t-elle à son père mourant.

—La mort en est la récompense, murmura-t-il. O ma fille, que ma dernière bénédiction soit pour ton union!

— Il faut que j'espère en mourir, dit-elle avec résignation.

Quelques mois écoulés, le père seul était mort. Le valet du bourreau avait sa *survivance* et était le mari de sa fille (comme d'ordinaire).

La pauvre jeune femme, isolée, proscrite du monde, séparée de cœur de l'époux qui lui avait été imposé, ne vivait plus que de la seconde existence qui était unie à la sienne et l'attachait seule encore à cette terre; mais cette affection qui naissait en son cœur était déjà, comme celles qu'elle avait éprouvées, mélangée d'une inquiète horreur; elle ne pouvait s'enorgueillir d'être mère, de donner l'existence à un être voué au mépris et à l'infamie dès son premier jour et par sa naissance même. Cette cruelle pensée semblait parfois raviver et justifier ses premières idées de suicide; mais elle ne pouvait prendre sur elle cette double responsabilité ; sa conscience si délicate, que blessait la simple apparence d'une souillure involontaire, se révoltait à la pensée d'un infanticide. « C'est assez du malheur, je ne veux pas du crime, disait-elle dans ses longues heures d'insomnie et de larmes; mais si je n'arrache pas à mon enfant la vie que Dieu veut que je lui donne , du moins je saurai le soustraire à l'existence infâme que les préjugés de ce monde lui préparent. » Son imagination se reposait dans le projet de profiter d'une absence de son mari pour feindre la perte de leur enfant, pour l'éloigner d'elle, lui créer, à force d'or, un autre genre de vie dont on ne découvrirait jamais le mystère ; et elle pleurait en regrettant que son père n'eût pas eu le généreux courage d'en faire autant.

Mais elle sentait bien cependant l'immensité d'un tel sacrifice ; aussi ne pensait-elle pas pouvoir survivre à la rupture de ce der-

nier lien. En renonçant volontairement et à
jamais aux joies de la maternité, à toutes ces
douces compensations de ses souffrances ac-
tuelles, elle sentait que c'était mourir, et voulait se sacrifier au bonheur de son enfant. L'a-
mour forcené qu'éprouvait Henrich pour elle
lui faisait à la fois horreur et pitié ; elle pouvait se dévouer à la mort pour son enfant,
mais non se résigner à vivre pour lui ; et cependant elle sentait que son abandon tuerait
cet homme pour qui elle était tout ici-bas.

Elle reportait sur son enfant toute la tendresse refoulée au fond de son âme ; elle aimait les souffrances qu'elle endurait déjà pour
lui ; elle pensait avec amertume au peu de
temps qu'ils avaient à être ensemble sur cette
terre ; et, dans les momens de trève et de ré-
pit à ses douleurs, elle s'attristait, plus que
jamais *isolée*.

Enfin arriva l'époque de la naissance de cet

enfant tant aimé et condamné d'avance à
l'exécration publique ou à l'exil maternel. La
triste Marie, à peine convalescente, cherchait
déjà un asile pour son fils; cet asile, Dieu
voulut qu'elle le demandât à la tombe : le
nouveau-né mourut, et sa mère, baignée de
larmes, bénissait le Seigneur, regrettait et en-
viait son enfant.

— Pourquoi mourir sans moi! s'écriait-
elle, sans moi qui n'ai vécu que pour lui! Oh!
cela n'est pas juste.... O mon Dieu! vous me
deviez aussi la même part dans votre miséricorde! Ma tâche n'est-elle pas bien remplie?
N'ai-je pas encore assez souffert! Mon pauvre
cher enfant a quitté la vie sans connaître quel
bienfait c'était que la mort. Est-ce donc que
Dieu ne me laisserait survivre que pour lui en
rendre grâces.

Le fils du bourreau ne dut pas être inhumé
avec le commun des fidèles. Son père lui

choisit une sépulture aux environs de la ville, sous les remparts du vieux château, près d'une maison nommée *la maison maudite*.

Un meurtrier en avait ensanglanté les murs en tuant sa propre mère. Depuis ce hideux événement, la maison était déserte : nul n'osait y entrer; et les enfans d'alentour, par bravade, faisaient preuve de courage en venant la toucher du doigt dans leur course.

Ce fut dans ce lieu d'horreur que les malheureux parens vinrent déposer le corps de leur premier-né. Une simple pierre au pied d'un arbre fut pour eux l'indice de la tombe; et la mère, à demi-mourante, traça ces mots sur l'écorce du saule pleureur : *Laissez venir à moi les petits enfans*. Les larmes semblaient être l'élément de sa vie. Marie ne put encore mourir; mais son mari craignait pour sa raison. Elle ne pouvait trouver un instant de repos et de calme que dans ses longs pélerinages au tombeau de son enfant; et Henrich était obligé de la laisser ainsi épancher sa douleur.

Tous les jours elle venait, triste et seule, s'asseoir au pied de l'arbre où reposait son fils. Là elle croyait le voir et l'entendre; là elle se 'sentait rapprochée de lui, et là elle croyait bientôt le rejoindre.

Son deuil, sa beauté, sa pâleur et son assiduité au même lieu la firent remarquer enfin par un homme qui se promenait sur les remparts du château. C'était un jeune et noble seigneur fort ennuyé de la vie féodale, fort avide d'émotions et d'aventures romanesques, et impressionnable comme il le faut être à vingt ans.

Il trouva bientôt le moyen de rencontrer par hasard la belle affligée. Cette douleur vraie le toucha au cœur, et cette compassion sincère émut la jeune femme; pour la première fois de sa vie on semblait la comprendre et la plaindre ; pour la première fois elle voyait un être pour qui elle n'était pas un objet de répulsion invincible, et qui n'était pas entaché de sang. Elle sentait un suprême bonheur à pouvoir s'oublier elle-même.

Ils se rencontrèrent souvent en ce triste lieu, où bientôt Marie répandit des larmes bien moins amères. A son insu, un nouveau sentiment ranimait son âme ; la douce pureté de la physionomie de son nouvel ami réalisait l'idéale beauté qu'elle avait rêvée pour son enfant ; elle doutait parfois si ce n'était pas un ange envoyé du ciel pour tromper sa douleur. De toute sa vie entière, elle ne voulut lui confier que sa dernière et plus profonde affliction. Heureuse enfin, heureuse de se voir aimée et respectée, elle eût craint de ternir d'un seul aveu cette pure félicité : elle avait dit simplement que son sort était fixé, et que son cœur seul était libre. Son ami ne lui en

demandait pas davantage; et dans les longs
entretiens où s'épanchaient ces âmes jumelles,
le monde n'était rien, les sentimens étaient
tout; et la naïve Marie, aussi neuve à l'amour
que formée à la souffrance, ne connaissait
encore ce doux lien que du nom d'amitié.

Mais le jeune comte, sachant un peu mieux
le monde, et craignant que leurs innocens
tête-à-tête ne fussent enfin inculpés, l'engagea fortement à se rendre avec lui dans
un lieu impénétrable aux observateurs. La
maison maudite leur offrait son toit protecteur. Elle ne s'y laissa conduire qu'avec ré-
pugnance; ses idées superstitieuses lui revinrent, et elle pensa avec effroi que c'était là
un digne théâtre de quelque horrible catastrophe pour elle, fille, femme de bourreau,
qui venait y trahir pour la première fois le
plus sacré de ses devoirs. Forte de sa crainte,
elle sut résister à l'amour; mais, en partant,

elle promit de revenir. Cette fatale promesse ne fut pas entendue seulement de celui qu'elle rendait heureux.

Le lendemain, Marie remarqua qu'Henrich avait cette expression satanique qui la glaçait au fond de l'âme. Elle ne put se défendre de lui faire quelques questions.

—C'est, lui dit-il férocement, que je dois être occupé bientôt.

Après leur premier repas, Marie se trouva si appésantie, si abattue, qu'elle ne put que se traîner à son lit, où elle resta presque immobile pendant douze heures.

A l'heure du soleil couchant, le jeune amant aimé était au rendez-vous. Il entre dans la *maison maudite*; une obscurité profonde le surprend; il se hasarde en répétant le nom chéri de Marie; se heurte contre une porte, et reçoit à la tête un coup qui l'étend sur le plancher. Alors, par la porte ouverte, il voit

9

une chambre éclairée par la lueur rouge d'un brasier ardent ; devant cette flamme la forme d'un homme apparaissait comme un damné en enfer ; et, au moment où le comte, étourdi du choc, allait se relever, cette ombre s'approche, le maintient à terre, écarte ses vêtemens, lui applique un fer rouge sur l'épaule, et le laisse à demi-mort sur le carreau.

Quand le comte, rendu à lui-même, revint de son rendez-vous d'amour à la *maison maudite*, il était *flétri de la main du bourreau.*

A cette époque, l'atmosphère politique de la France faisait pressentir ce violent orage appelé *la révolution de* 89.

Mais, dans tous les membres de la noblesse qui souffraient le plus des symptômes de la tempête, nul n'en paraissait plus affecté que le jeune comte de ***.

Il était devenu insensible à tous les plaisirs

de son âge; il ne s'occupait plus de chasse ni d'amour; il fuyait ses amis, paraissait fuir jusqu'à ses souvenirs et vouloir échapper à lui-même. Il voyagea, promena son agitation fébrile dans toute la France ; puis vint à Paris au moment le plus critique, se livrant avec fureur à la défense de ses opinions personnelles, lorsque tout pliait autour de lui sous le *sceptre de fer* de la terreur. Il fut aussi compromis qu'il semblait chercher à l'être ; et bientôt il se trouva incarcéré, puis condamné à mort.

Il avait de nombreux compagnons d'infortune, qui enviaient l'impassibilité stoïque avec laquelle il attendait son exécution.

Le jour fatal arriva.... Le comte et ses nobles amis furent réunis dans la charrette qui devait les conduire à la guillotine ; mais, au moment où ils traversaient les flots d'une foule avide de sang, une voix s'écrie, une femme

9.

se précipite au-devant des chevaux, force à arrêter la marche, et répète à haute voix que celui que l'on va guillotiner sous le nom du comte de *** est un imposteur, un échappé des galères, *un homme marqué par la main du bourreau.*

Le comte, attéré, ne peut retrouver la force de vouloir mourir. On arrête; on vérifie le rapport de cette femme, et on le jette ignominieusement hors de la charrette, en disant : *C'est du sang noble qu'il allait nous voler.*

La foule suivit les condamnés; la femme du bourreau resta seule auprès du comte anéanti.

— Marie, lui dit-il en détournant les yeux avec horreur, n'attendez pas que je vous remercie! Malheureuse! pourquoi m'avoir rendu l'existence quand vous ne pouvez pas me la rendre telle qu'elle était avant que pour vous elle fût flétrie !

— Oh! oui, dit-elle d'une voix douce et basse, je sais bien de quel poids est une vie déshonorée! Mais écoutez-moi. Une chance de salut et de bonheur nous est ouverte : j'ai pu fuir de chez moi, emportant tout ce que je tenais de mon père. Hélas! c'est encore le prix du sang! Ne peut-on en purifier du moins l'usage? Vivons loin, bien loin de notre patrie, sous des noms étrangers; oublions tout, excepté notre amour!

— Il est un souvenir brûlant qui me suivra partout! dit-il en montrant le stygmate de la vengeance, et le prix du sang ne peut porter bonheur!

— Dites-le moi encore! s'écria-t-elle avec angoisse; dites-moi bien qu'il ne me reste plus aucun espoir ici-bas!

— Je ne puis vous tromper! Infortunée! votre souvenir s'est confondu avec les plus terribles impressions de mon âme! Ce n'est

pas ensemble que nous pourrions être heureux.

— Cet arrêt fixe mon sort. O mon Dieu !
merci encore de m'avoir ôté mon enfant!

Et elle se précipita vers la Seine.

—Malheureuse! qu'allez-vous faire? s'écria-
t-il ; où courez-vous?

— A la mort! répondit-elle. Mais se retour-
nant vers l'Hôtel-Dieu, d'où l'on voyait arracher violemment les religieuses éplorées, elle
s'y élança en disant : *Au martyre!*...

Et dans les premières années de la restau-
ration, les chartreux de Grenoble furent frap-
pés de stupeur en découvrant, sur un frère
mort en odeur de sainteté, la marque infa-
mante du bourreau.

LES COMÉDIES DE SOCIÉTÉ.

> Notre talent est l'union,
> La gaîté notre apprentissage ;
> La raison sera le souffleur,
> Le sentiment notre poète,
> L'amitié notre directeur,
> Et le plaisir notre recette.

Comédies de société! — Par ces mots nous ne prétendons nullement signaler à la perspicacité du public les diverses apparences sous lesquelles on cherche mutuellement à *se faire illusion* en société. Il ne s'agit ni du

désespoir où nous plonge la non-rencontre de
nos amis lorsque nous sommes en *tournée de
visites,* ni du *ravissement* où nous jette l'arrivée de ceux qui viennent sans façon nous demander à dîner, encore moins de la *reconnaissance* dont nous pénètre la complaisance des
artistes qui, sans se faire prier, improvisent
quatre heures de suite au piano.

De tous les plaisirs de *convention*, la comédie de société est le plus difficile à se procurer; c'est pour cela sans doute qu'il est un
des plus recherchés.

Composer une troupe d'acteurs de salon est
plus pénible qu'on ne pense; c'est presque
le même travail que la composition d'un mi-
nistère.

Assortir, réunir, faire agir ensemble tous
êtres de différens âges, de diverses prétentions, de dissemblables caractères, les faire
concourir tous à la même œuvre avec un zèle

égal, faire surtout accepter à quelques-uns
d'entre eux des rôles *secondaires*, il faut pour
cela une bien habile *diplomatie*. Il est assez
peu gracieux d'offrir à une femme d'un âge
quelconque le rôle de *confidente* ; il est assez
peu délicat d'affubler un homme (de si bonne
volonté qu'il soit) du rôle d'un personnage désigné comme laid et *ridicule* dans la pièce ;
d'autant plus que chacun a des prétentions
exhorbitantes, personne ne se rend justice ni
ne tolère que d'autres la lui rendent. — Toute
femme croit avoir droit au rôle de *grande co-*
quette ; toute vieille fille veut *jouer l'ingénue;*
tout homme a la rage d'être *premier amou-*
reux.

Et puis viennent les difficultés de toilette ;
telle femme refuse le principal rôle si le costume de rigueur ne sied pas à son teint ou à
sa taille ; peu lui importe que le spectacle
aille mal, pourvu que sa coiffure aille bien.

On se permet, sans scrupule, mille anachronis-
mes ; on joue les soubrettes en robe de tulle ,
et les paysannes en souliers de satin. — C'est
aussi frappant de ressemblance, — aussi *nature,* que la *vieille mère* des petits ramoneurs
de romances.

La comédie de société, c'est la pomme de
discorde jetée au milieu d'un cercle. Il est
presque inévitable de se brouiller à son occasion ; les maris jaloux croient toujours assister
à quelque scène double entre les jeunes premiers. Les actrices cherchent à s'éclipser mutuellement et s'inquiètent peu de l'esprit de
leur rôle pourvu que le leur se fasse jour.
Ainsi elles disent des naïvetés avec finesse,—
des banalités avec *intention*, et n'ont l'air que
de se jouer de leur rôle. D'autres acteurs dédaignent de représenter des sujets d'un ordre
secondaire ; ils vous jouent les valets et les
paysans avec les allures et le ton d'hommes

comme il faut. Leur conscience d'acteurs se trouve acquittée par la blouse ou la livrée qu'ils endossent.

Il n'est qu'une seule excuse à ce genre de plaisir, elle est touchante :

Ceux qui se donnent la peine et l'ennui de se surcharger la mémoire de mots qui les intéressent fort peu, qui sacrifient une grande partie de leurs affaires, de leurs occupations favorites, de leurs plaisirs habituels, pour venir faire des répétitions où se redisent vingt fois les mêmes choses sur vingt tons différens, où l'on se trouve à la lueur du soleil face à face avec des *mères nobles*, avec des *Marie Stuart* en bibis et des Célimènes en tartans ; — ceux-là qui se dévouent à parler debout et s'exposent à faire des *gestes* devant une réunion nombreuse et disposée à s'*amuser* de tout; — ceux-là enfin qui font des frais énormes de costumes, de voitures et de temps, se disent au moins : *cela amuse les spectateurs.*

Comme aussi ceux qui se dévouent à rester assis pendant de longues heures dans un salon où l'on est pressé, foulé et presque asphyxié, où l'on n'a pas le droit de proférer la moindre syllabe excepté *bravo!* où l'on ose à peine *souffler* de peur d'*équivoque*, où l'on voit à distance les gens de connaissance avec lesquels il n'est aucun moyen possible de communication qu'à la sortie du spectacle; ceux-là enfin qui viennent entendre huit ou dix actes de pièces sur lesquelles Mlle Mars et Mlle Rachel les ont déjà blasés, ceux-là se disent du moins : *Cela amuse les acteurs.*

Qui s'amuse aussi prodigieusement ? C'est le directeur du théâtre, l'âme de la troupe, qui souffre réellement d'un vers *estropié*, qu'un bégaiement, qu'une toux malencontreuse feraient évanouir, et qui aurait des crispations au moindre petit accroc de toilette ou de décoration ; le rôle de ce directeur n'est pas le moindre de la troupe. Le directeur qui entend son état ne perd pas un seul instant de toute l'année son spectacle de vue.—Au printemps, aperçoit-il *sur la fougère* un jeune et frais minois, il pense à l'effet qu'il produirait à la rampe du théâtre; trouve-t-il dans un salon une timide enfant sous l'aile maternelle ou *tanternelle*, il jette son dévolu sur cette *ingénue* et lui offre de l'*emploi* aux yeux de la famille ébahie. Voit-il quelque agréable personne recevoir grâcieusement quelques hommages, voici la *grande coquette* toute trouvée; il ne s'agit plus que de l'enrôler au plus vite. Enfin, sans cesse préoccupé de ces soins dramatiques, le directeur est bien certainement celui qui s'acquitte le plus consciencieusement du plus long comme du plus délicat de tous les rôles.

TROIS ENFANS DE ROI.

I.

Dans une vaste et sombre galerie de l'an-
tique manoir d'Hundson, un vieillard, une
jeune fille, une enfant, portant le costume du

seizième siècle, étaient engagés dans un entretien très animé.

— Non, répétait obstinément la petite fille,
non, ma sœur, je n'irai pas voir cette méchante femme.

— Mais, mon enfant, disait le vieillard à
barbe blanche, la reine Jeanne n'est point une
méchante personne; elle est, au contraire,
bonne et douce, et veut vous bien accueillir.
Voyez comme vous affligez votre sœur par
votre résistance.

— Hélas! disait la sœur aînée, je sens bien
qu'Élisabeth doit éprouver contre la reine ac-
tuelle l'antipathie que moi-même j'ai senti
contre la mère de cette pauvre enfant. Mais,
chère petite sœur, pense que c'est une occasion qu'il ne faut pas perdre, et qu'il nous
importe à toutes deux de plaire à la favorite
de notre père. Vois, il m'a fait vivre bien des
années en prisonnière; nous ne sommes réu-

nies que depuis la mort de nos mères, et, avec toute ma soumission, c'est à peine si je puis obtenir de lui un mot de bonté. Maintenant qu'il nous veut près de sa femme, ton obstination nous perdrait.

— Rappelez-vous aussi, ajouta le vénérable docteur Parker, rappelez-vous, Élisabeth, que votre sœur a fait l'éloge de votre douceur dans sa dernière lettre au roi; vous ne voudriez pas la démentir.

— Ma sœur aurait bien fait de ne répondre que pour elle! Qu'elle obéisse au roi sans rancune, tant mieux pour elle, peut-être; mais nous ne nous ressemblerons jamais.

C'était avec une naissante fierté que l'enfant parlait ainsi.

— Eh bien! si vous n'êtes pas soumise au roi, vous le serez aux dernières volontés de votre mère!

10

A ces mots, les yeux scintillans d'Élisabeth se remplirent de larmes.

— Oui, c'est à moi que votre mère a confié le soin de vous diriger ; c'est en son nom que je vous enjoins de suivre votre sœur à la cour, où vous rappelle le roi.

Le lendemain de cet entretien, les deux filles de Henri VIII furent amenées à Greenwich, où ce monarque tenait alors l'objet de ses nouvelles amours.

La jeune reine, Jeanne Seymour, était alors aussi aimée que belle, aussi bonne qu'heureuse. Au faîte des honneurs, elle en jouissait sans enivrement. Ce n'était pas son ambition qui l'y avait portée : elle s'était laissé faire reine comme une victime se laisse orner pour le sacrifice, par une entière abnégation de sa volonté à celle de son frère, lord Beauchamp Seymour, qui, fier de sa sœur, fondait sur elle l'espoir de l'illustration de leur famille.

Au moment où les filles de Catherine et d'Anne de Boleyn lui furent présentées, la reine était avec son frère. Elle ne put réprimer une impression pénible, et dit tout bas à Seymour :

— O mon frère ! si moi aussi j'allais avoir une fille !

— Le malheur ne se présente pas toujours sous le même aspect, dit-il à voix basse, et se sentant pâlir à cette crainte.

Mais la grâcieuse reine, voyant le trouble des deux jeunes princesses, se reprocha de ne pas leur avoir épargné cette fâcheuse impression, et voulut les en dédommager par le plus affectueux accueil.

Marie avait un air humble et recueilli qui touchait le cœur de Jeanne. Élisabeth avait une contenance fière et impérieuse, qui frappa la reine et son frère, mais d'une manière différente.

10.

— Cette enfant n'a pas un bon cœur, pensa Jeanne.

— Cette enfant a une grande âme, pensa lord Seymour.

—Est-ce que vous ne_voudriez jamais m'aimer, chère petite Élisabeth ? lui dit la reine en lui prenant les deux mains.

L'enfant la regarda fixement avant de se dé-cider à répondre.

C'était un spectacle étrange que celui de cette jeune femme, dans tout l'éclat de sa fraî-che jeunesse , dans toute la splendeur de la grandeur royale , employant une coquetterie naïve à subjuguer une petite enfant dont la maussaderie partait d'un si noble principe et d'un si touchant sentiment. On voyait qu'il y avait du sang entre cette femme et cette fille de roi.

— Est-ce que je vous fais peur, ma chère fille ?

— Peur? Non, mais horreur, Madame; car c'est une autre reine d'Angleterre qui devait me dire : Ma fille !

Et, par un mouvement convulsif, elle s'é-lança des bras de Jeanne dans ceux de sa sœur.

— Pardonnez, Madame, dit Marie effrayée de cette scène, pardonnez à cette enfant. Vous êtes belle comme la sainte Vierge; soyez aussi bonne qu'elle.

— C'est à moi, Marie, dit la reine, d'ins-truire désormais votre élève, et de lui ap-prendre à m'aimer; c'est une tâche que je veux remplir.

— Ce sera donc la première fois qu'elle ne réussira pas, murmura Élisabeth.

— Et j'espère que ce sera la seule, dit lord Seymour, répondant à cette pensée, qui le frappa comme un anathême.

La première nuit que les deux jeunes princesses passèrent dans le palais, le repos général fut troublé par les souffrances de la reine, qui se trouvait en danger de perdre la vie en mettant son enfant au monde.

Ces nouvelles alarmantes furent portées à Henri VIII.

Ou la reine ou son fils doit périr, disaient les médecins.

— Elle ou lui ! répétait le roi. Et il comparait dans sa pensée cette femme qu'il adorait, avec cet enfant qu'il ne connaissait pas encore.

— Sauvez mon fils ! prononça-t-il enfin d'une voix sourde ; mieux vaut un fils qu'une femme (1).

Et peu d'heures après cet arrêt, l'infortunée reine, pâle, agonisante, étendue sur son lit de douleurs, semblait la blanche statue de marbre d'un mausolée.

(1) Historique.

Près d'elle étaient deux hommes encore plus accablés qu'elle-même : le roi, en qui les regrets réveillaient l'amour; lord Seymour, en qui la douleur domptait enfin l'ambition.

Tous deux regardaient en pitié cette jeune et belle femme immolée en holocauste à leur orgueil, et qui expirait sans paraître souffrir, n'osant pas même encore se plaindre.

Le roi ne put soutenir l'aspect de la mort d'une femme tant aimée; il s'arracha de son lit funèbre, laissant pour adieu un dernier regard qui contenait encore plus d'amour, de remords et de douleur qu'il n'en fallait pour la vengeance de sa douce victime.

Elle fit un effort pour recouvrer la parole, et dit d'une voix faible à son frère :

— Hélas ! lui ne vivra pas tranquille ! moi je meurs en paix ! On sacrifie mon existence à mon fils et à ma patrie, comme j'avais immolé moi-même mes goûts et mes inclinations aux volontés de ma famille. O mon frère! ce n'est pas à cette dernière heure que je commencerai des reproches! — Cette pauvre petite Élisabeth, elle porte malheur aux reines d'Angleterre qui lui disent : Ma fille! Pauvres enfans de roi !

— Mais votre fils, ma sœur, sera roi un jour.

— Mon frère, voyez la triste issue d'une première tentative de royauté dans notre famille. — Ah! plaise au ciel que votre ambition ne fasse de mal qu'à moi seule !

— Ma sœur, s'écria lord Seymour touché au cœur, dussé-je un jour porter ma tête sur l'échafaud, je ne souffrirai jamais comme au moment de votre mort.

— Ah! vous êtes plus à plaindre que moi, lui dit sa douce sœur; et elle lui tendit sa main blanche et glacée, lui donnant dans cette dernière étreinte le gage d'un généreux pardon.

Et lorsque lord |Beauchamp-Yarmouth-Seymour alla rejoindre à Londres son frère aîné, lord d'Hartfort, duc de Sommerset, il lui annonça que leur neveu, créé prince de Galles, duc de Cornouailles, comte de Chester, était déclaré par son père Henri VIII, héritier présomptif de la couronne d'Angleterre.

II.

Une brillante matinée de printemps parait de tout son éclat le parc d'Hartfort, les gazons les plus verts, les plus touffus de l'Angleterre, parsemés de fraîches violettes, s'étendaient jusqu'aux flots d'une onde scintillante, qui bordaient d'une frange d'argent ces tapis de velours que des arbres gigantesques centenaires protégeaient de leur majestueux ombrage.

Et dans cette phalange de verdure de fraîches touffes de lilas étaient balancées au souffle du vent comme de légers éventails parfumés.

Le silence de cette douce matinée n'était troublé que par le bruissement de l'eau contre les branchages des saules qui pleuraient sur la rive, et par le gazouillement des oiseaux qui chantaient dans le feuillage ; des cygnes d'un blanc de neige sillonnaient les flots bleus comme le ciel ; là étaient réunis les trois enfans du même roi.

Élisabeth, jeune fille de quatorze ans, déjà femme par le cœur et homme par l'esprit, se reposait à l'endroit le plus élevé du parc, dans une sorte de pavillon rustique que couvrait un toit de chaume, soutenu par des colonnes de bois brut.

Près d'Élisabeth était son jeune frère
Édouard, enfant de neuf ans, dont les traits
doux et nobles rappelaient la beauté d'ange de
Jeanne de Seymour.

Cet enfant avait ses beaux yeux bleus fixés
sur sa sœur avec une expression de tendresse
presque respectueuse, et la jeune fille le tenait enlacé dans ses bras avec une affection
protectrice.

— Chère sœur, disait-il, pourquoi ne veux-
tu pas venir encore jouer avec moi ? Tu restes
toujours sur les hauteurs du parc à regarder
le plus loin possible.

— Je n'aimerais que les grandes choses ; à
t'entendre ! dit-elle en souriant.

— Oui, c'est là ton goût, comme celui de
notre sœur aînée est de dire des chapelets. Je
sais bien, va, que tu ne t'amuses avec moi
que par complaisance, dit-il d'un ton chagrin.

— Eh ! qu'importe, mon petit Édouard, si

je trouve mon plaisir dans celui que je te
donne ?

— Oh ! oui, tu es bien bonne pour moi ;
mais tu verras un jour que tu ne t'en repen-
tiras pas ! Tu joues avec moi quand je suis enfant ; laisse-moi grandir, et je m'instruirai
pour te dire d'aussi belles choses que mon
oncle Seymour !

A ce nom Élisabeth rougit et elle répondit :
Je voudrais te voir, à toi qui dois régner un
jour, sa haute ambition et ce noble orgueil
qui peut-être ne le conduiront qu'à sa perte,
mais par une glorieuse route.

— Si Marie te voyait, elle te gronderait bien
d'admirer ainsi le démon de l'orgueil ; mais
la voici qui se rapproche de nous. Eh bien !
Marie, avez-vous fini de rêver ?

— Non, Édouard, puisqu'il faut que je ré-
fléchisse et que je prie encore, plus pour vous
que pour moi.

— Eh ! à quoi me servirait de réfléchir tout le jour, à mon âge?

—Cela ferait que si vous régnez bientôt, ce qui arrivera sans doute, vu la maladie de votre père, vous auriez déjà compris vos obligations envers Dieu et envers votre peuple ; et d'ailleurs, c'est dans le retraite et le silence que la grâce se communique à l'âme !

— Si je règne jamais, je ne m'inquiéterai jamais de rien ; car vous, Marie, vous m'aiderez de vos prières, et toi, Élisabeth, de tes conseils !

— S'il plaît à Dieu et aux Seymours, dit Élisabeth, laissez-les saisir les rênes du gouvernement, et vous verrez s'il ne faudra pas leur couper la main pour qu'ils les lâchent.

En cet instant, un page vint avertir Édouard qu'il était attendu au château par ses oncles arrivant de Londres.

Édouard s'y rendit accompagné d'Elisabeth. — Marie alla faire une lecture pieuse dans l'ermitage du parc.

La salle d'honneur du château était ornée dans le goût oriental avec une extrême élégance, son dôme était enrichi de peintures et de sculptures qui charmaient les regards, et tout l'aspect de cette salle avait un grandiose saisissant qui rappelait les magnificences de l'Alhambra, si célèbre dans les romances espagnoles.

Élisabeth et Édouard y trouvèrent le duc de Sommerset, son frère lord Seymour, et sir Thomas Brown. L'imposante gravité de leur contenance frappa profondément les deux enfans.

Alors, le duc de Sommerset prenant la parole avec solennité, annonça au prince la mort de Henri VIII, qui le laissait, par testament, héritier du trône d'Angleterre, lequel devait revenir, et successivement, à ses deux sœurs aînées.

Le jeune roi, ému de la mort de son père, fut vivement frappé de cette clause de son testament. Les premières paroles furent pour sa sœur :

— Elisabeth, dit-il, tu régnerais mieux que moi !

— Oui, mais ce ne serait qu'après toi ! le ciel me garde du trône à ce prix !

Le duc continua d'expliquer l'ordre établi par les dernières volontés du roi qui le nommait, lui, duc de Sommerset, *régent et protecteur du royaume*, et conférait la charge de grand-amiral à son frère, lord Seymour.

Elisabeth, pendant ce temps, regardait avec une sorte d'enthousiasme la physionomie de lord Seymour, qui semblait s'enorgueillir encore plus de ce regard que des honneurs dont il était comblé. Puis, le duc de Sommerset dit au nouveau roi, encore un peu étourdi de sa soudaine élévation, qu'il serait convenable de se rendre immédiatement à Londres, où tous les grands dignitaires de l'état attendaient sa présence royale.

— Ne m'accompagneras-tu pas, Élisabeth, dit Édouard, pour me voir saluer souverain ?

—Non, mon frère; je reste ici avec notre sœur Marie, et toutes deux nous vivrons sous la protection de la reine douairière, aux termes du testament de notre père ; à chacun sa place.

—Et chacun son tour, toujours aux termes du testament ! pensa lord Seymour.

III.

Deux années s'étaient écoulées depuis l'avènement d'Édouard VI au trône d'Angleterre.

Un soir, dans une chétive cabane, au bord de la Tamise, étaient deux femmes, l'une âgée, l'autre encore très jeune. Leur extérieur et leur costume indiquaient bien qu'elles n'étaient là qu'accidentellement. Un paysan essayait de rallumer le feu; et tandis que l'une de ces femmes restait près du foyer, l'autre se tenait à une lucarne ouverte, en dépit de la bise glacée qui soufflait du dehors, et des remontrances de sa compagne, qui l'appelait près du feu.

— Vous allez vous rendre malade, mon enfant! L'air est malsain, et les brouillards de la Tamise sont mortels.

—Ah! ces dangers-là ne sont pas faits pour moi.

Le paysan sortit sur un signe impératif de la jeune fille; aussitôt elle s'élança près de sa vieille amie, lui pressa les mains, et baissa la tête en pleurant sur ses genoux.

— Calmez-vous donc, ma chère Élisabeth ; reprenez courage et espoir.

— L'espoir est impossible, mais le courage! Vous seule, mistriss Ashley, pourrez dire m'avoir vu pleurer ; vous seule, et lui !

— Vraiment, je crains bien que ma faiblesse pour vous ne soit une grande imprudence ; je n'aurais pas dû me prêter à vous faciliter cette dernière entrevue.

— Nul pouvoir humain ne m'eût fait y renoncer ! Les volontés de ceux qui vont mourir sont sacrées pour tout le monde, et ses volontés sont les premières et les seules qui aient jamais eu sur moi quelque influence.

— Ah ! c'est un bien funeste empire que celui qu'a su prendre sur votre âme cet orgueilleux Seymour ! Combien il est à regretter que votre père vous ait confiée à cette Catherine Parr, qui n'a pas su rester veuve de roi, et qui abdiqua son rang de reine douairière dans la dernière année de sa vie (1)!

— Sans elle, dit Élisabeth en soupirant, je ne saurais pas que l'amour vaut encore mieux que la grandeur.

— Mais pourquoi donc lord Seymour a-t-il refusé tout éclaircissement? Pourquoi, accusé de haute trahison, n'a-t-il voulu ni s'excuser, ni s'expliquer, ni demander grâce?

— Il sentait trop bien que sa perte était jurée. Lui, qui ne connaît ni le langage de la flatterie, ni celui de la prière, il n'a pas voulu échouer dans une dernière tentative, et il a noblement agi. — Le Christ dédaigna bien de répondre aux faux témoignages! — Au reste, chère mistriss Ashley, d'autres que moi le jugent comme moi-même : voyez ce portrait si

(1) Elle épousa lord Seymour.

11.

bien décrit par Harrington, qui m'en a fait hommage.

Elle tendit à mistriss Ashley un papier qu'elle lut à la clarté vacillante du feu.

Portrait de lord Seymour,
par Harrington (1).

« Homme d'un mérite rare, doué d'une force supérieure et d'une beauté mâle, formé pour briller sur terre comme sur mer, d'une amitié constante dans le bonheur ainsi que dans l'adversité. Sage dans la paix, habile dans la guerre, au milieu des périls, comme au milieu des jeux, toujours le premier, sujet fidèle à son roi, serviteur généreux et dévoué, ami de Dieu et de la vérité, mais ennemi des importuns de Rome!... Magnifique chez l'étranger pour l'honneur de son pays, modéré chez lui, quoique l'opulence y régnât. Sa noble maison

(1) Historique.

nourrissait plus d'infortunés que plusieurs autres qui étaient élevées encore au-dessus de lui. Tel est l'homme qui, sans s'être rendu coupable, sans aucune cause légitime, est condamné à périr, et dont le sang est versé contre toutes les lois de la nature, de la vérité et de la justice ! »

— Si jamais j'ai quelque pouvoir, ajouta Élisabeth, je veux combler des témoignages de mon estime l'homme judicieux qui a compris comme moi tout ce qu'il y a de noble et de grand dans celui qu'on immole à d'infâmes détracteurs !

En ce moment la porte fut ouverte; un écuyer hors d'haleine montra à la princesse un ordre signé du commandant de la tour, qui permettait l'entrée à deux serviteurs du prisonnier. Élisabeth, revêtue d'un long manteau et coiffée d'une toque ombragée de plumes noires, un poignard dans sa ceinture, suivit celui qui devait l'introduire dans la prison.

Ils traversèrent la Tamise sur un étroit batelet. Le cœur de la jeune fille se contractait douloureusement. On avait toujours eu le soin de lui épargner la vue des lieux où sa pauvre mère avait tant souffert, et elle y venait seule la nuit tenter l'aventure la plus périlleuse. En mettant le pied sur le seuil de la tour, elle frémit et crut voir apparaître dans l'obscurité des voûtes l'ombre légère d'Anne de Boleyn !

— O ma mère ! s'écria-t-elle, que ma première pensée, en ce lieu terrible, soit pour votre mémoire ! Je ne viens ici que pour y souffrir comme vous de mortelles douleurs !

Mais surmontant son trouble, et sentant que sa fermeté seule pouvait soutenir la résolution défaillante de son guide, elle marcha d'un pas assuré, son poignard à la main, vers la porte du cachot, où l'espérait sans l'attendre le noble condamné.

Laissant son compagnon sur le seuil, elle avança, saisit la main de lord Seymour, se sentit défaillir, et ses larmes coulèrent.

— Élisabeth !* s'écria-t-il, avez-vous donc autant de courage et de générosité que je vous en supposais ?

— Qu'importe de risquer mon honneur ; quand vous êtes au moment de perdre la vie, puis-je penser à conserver quelque chose en ce monde ?

— Ah ! cette mort me sera douce ! oui, je la bénirai ! elle me fait connaître tant de dévouement !

— Ce n'est qu'à votre malheur que vous devez l'aveu de mon amour. Je veux vous le répéter à cette heure suprême ! Oui, je vous ai toujours compris. Cette ambition qui vous a fait tant d'ennemis, c'est votre titre auprès de moi ! Vous avez su avoir deux reines dans votre maison, et si une clause du testament de mon père ne m'eût pas exclue de la couronne en cas de mariage, je vous le jure, Seymour, ma main vous eût conduit au trône. En vous associant à ma gloire, j'aurais peut-être fait votre bonheur !

— Ange adoré ! ne fais-tu pas tout pour mon bonheur, en me disant que tu m'aimes ! Pardon, princesse, si l'excès de mon amour et de mon malheur m'égare, si je perds le respect dû à la fille et à la sœur de mes rois, ma mort va vous venger !

— Ta mort, répéta Élisabeth, affreuse pensée qui révolte autant mon intelligence que mon cœur ! Quoi ! cet être si grand, si noble, si riche d'avenir et d'espérance, un inique décret, arraché à l'ineptie de mon faible frère, va le précipiter dans le néant !

— Hélas ! dit Seymour, sombre et abattu, mon orgueil insatiable, en causant l'élévation de ma pauvre sœur, a précipité sa perte ! Et c'est l'ambition de mon frère qui me perd à mon tour, mais je n'accuse pas Sommerset; j'espère pour lui qu'il croit ma mort nécessaire à sa patrie!

— Le sang fraternel marquera son front d'un sceau fatal, le ciel sera juste, et je vivrai pour voir cette vengeance. Oui, je sens que je deviendrais folle dans cette crise horrible, si mon âme ne se rattachait de tout ce qu'elle a de force et d'énergie à cette idée fixe : justice de Dieu!

— Croyez-en les avis de la mort, Élisabeth, il est encore plus de grandeur dans le pardon que dans la vengeance, et si je pouvais m'assurer, au moins, de quelque temps d'existence dans votre souvenir! mais princesse! vous irez au trône, vous irez malgré les obstacles et les périls! Votre naissance vous y appelle; la mort même vous en frayera la route! Vous règnerez, Élisabeth, votre main est faite

pour le sceptre, comme votre front pour le
diadème! — Et alors vous choisirez un roi à
l'Angleterre! Cet homme que j'abhorre dans
l'avenir, ce n'est pas le titre de roi que je lui
envie, c'est le bonheur d'être aimé de vous!

— Aimé! s'écria Élisabeth, écoutez-moi
Seymour, vous le premier que j'ai choisi et
le seul que j'aurai aimé, écoutez, et ne prenez
ce que je vais vous dire ni pour rêveries de
jeune fille, ni pour l'exaltation passagère
du désespoir! Non, je veux que vous sentiez
comme moi-même ce qu'est un premier amour
pour une âme comme la mienne! Tout ce
qu'elle renferme d'honneur, de délicatesse,
de pudeur, se révolte à la pensée de reporter
ailleurs une affection si haut placée! Mon premier choix sera le seul! A lui seul je puis rat-
tacher mes idées de devoir et d'honneur. En
te perdant, je meurs à l'amour, et si je te sur-
vis pour la gloire, si je règne jamais sur

l'Angleterre, reçois-en ma parole, noble Seymour, la postérité devra me reconnaître à mon surnom de *reine-vierge*.

Seymour, plus heureux, plus fier en cet instant que dans les plus brillantes phases de son existence, serra avec enthousiasme la main que lui tendait Élisabeth. La porte de la prison cria sur ses gonds, et le fidèle serviteur de la princesse eut à peine le temps de la faire disparaître avec lui dans l'obscurité, au moment où les soldats entraient pour se saisir de lord Seymour, qui subit son supplice avec la noble fierté d'un héros et le sublime courage d'un martyr. . . . .

. . . .

Et bien des années plus tard, après les règnes du faible Édouard et de la fanatique Marie, lorsque la reine Élisabeth, au terme de sa carrière, se trouva sur son lit de mort, elle se souvint des solennelles et prophétiques

paroles dites en la tour de Londres par l'objet
infortuné de ses jeunes et premières amours.—
Oui, pensa-t-elle, tout s'est réalisé, ma haine
fut servie par le supplice de Sommerset, mon
ambition fut satisfaite par la couronne, mais
mon cœur ne fut heureux que par sa fidélité
loyale à son vœu le plus cher. O Seymour!
tu m'attends encore aux portes de la vie!
Reine et vierge, je vais te rejoindre au ciel!

LE BOURGEOIS DE PROVINCE.

Si le bonheur, comme on le dit trop souvent, est dans le calme plat et dans la médio-
crité terre à terre en toute chose, nul être
n'est, à coup sûr, plus heureux que cet
être qui s'appelle *le bourgeois de province*. La végétation parisienne ne saurait
nous donner une idée complète de ce bon-
homme passé de mode, qui tient à ses préjugés héréditaires comme on ne tiendrait pas

à des vertus. A proprement dire, le bourgeois de province ne vit que d'une demi-existence, presque insaisissable, tant elle est unie et monotone. Sa paisible journée, image fidèle de sa vie entière, a tout à la fois la douceur et le tiède malaise d'un ciel constamment serein. Ses principes d'hygiène lui ont donné, entre autres salutaires habitudes, l'habitude de paraître sur l'horizon en même temps que le soleil. Il se lève comme l'aurore dont il n'a jamais vu les doigts de rose; il s'habille à la hâte comme s'il n'avait pas de temps à perdre; il a pour robe de chambre sa plus vieille redingote, un chapeau de paille sur la tête aux temps chauds, et presque toujours son riflard qu'il porte avec une ostentation souveraine. — Son premier soin, c'est d'assister à l'entrée triomphale des fleurs, des fruits, des légumes que les paysans des environs apportent au marché de son endroit. Tandis que la femme

du bourgeois arpente la halle, suivie de sa
bonne, un cabas à la main, lui, qui s'est fait
l'oracle du marché, promène le coup d'œil
du maître sur les plus fraîches villageoises qui
cherchent à briguer ses éloges pour leurs pri-
meurs. L'influence toute morale que le bourgeois exerce au marché est plus puissante que
celle d'un agent même de la police, contrô-
lant les poids et mesures. Si l'un a le pouvoir,
l'autre a le crédit; si l'un est redouté, on res-
pecte l'autre; celui-ci rend ses comptes à l'autorité légale, celui-là impose ses opinions aux
masses.

Toutes les matinées se ressemblent; seulement, le dimanche et le jour de fête, le bourgeois, qui s'est paré, qui s'est rasé, qui a
mis tout son linge blanc, a remplacé le para-
pluie par la canne à pomme de cuivre, ou à
pomme d'or pour les plus avancés, se montre dans tout son éclat, à l'église, placé au

beau milieu du chœur, parmi les marguil-
lers ; et, marguiller lui-même, siégeant à
cette place d'honneur, face à face avec le sous
préfet et M. le maire, il suit, en chantonnant,
le plain-chant de la grand'messe ; et si, par hasard, il se trouve parmi ce chorus de voix
enrouées des prêtres et d'aigres filets des enfans de chœur quelques notes qui s'accordent
avec les deux ou trois notes dont il est le pro-
priétaire criard, le voilà heureux, se béati-
fiant en ce céleste concert, bénissant Dieu
et le *ténor* ou la *basse* qui s'unit avec lui
pour l'édification de la paroisse.—Midi sonne
enfin. — L'heure du dîner est marquée par
la pendule bourgeoise, pendule enrouée,
massive, qui porte les heures comme autant de plombs inertes. Au dîner du midi,
de même qu'au souper du soir, le bourgeois
est toujours fidèle et nargue les nouvelles
modes et les beaux usages de l'élégance mo-

derne. Il fait quatre repas, comme nos bons
aïeux ; il a conservé religieusement le bouilli
au persil ; puis après le banquet de famille, il
va se récréer au champ héréditaire où il a
planté ; où il a vu naître des quinconces de
jeune verdure en guise de parc. Là il se promène, projetant son ombre, *à charge de re-*
vanche, sur ces taillis adolescens. Où il est
beau surtout, le bourgeois, c'est sous le ciel
bleu de la Provence, dans ces petites villas
connues sous la dénomination bucolique de
bastides, calmes et blanches maisons dont l'intérieur contient jusqu'à deux chaises.—L'ombre d'un figuier, digne rival d'un maigre pru-
nier, à l'horizon, des collines utiles, mais non
pittoresques, le ruban poudreux d'une route
royale, quelques bouquets d'oliviers au feuillage gris, que les poètes appellent du nom
d'*argenté*, les flatteurs !... Tel est le paysage
au milieu duquel sont situées les terres de ce

12

bon bourgeois qui s'y délecte dans son œuvre,
et se dit comme Dieu au milieu du paradis
terrestre : — «Ceci est ma création ; ce que
je foule est à moi ; j'ai fait tout de rien ! » —
Mais le mistral lui apporte, avec les sons de
l'horloge, le signal de la retraite.

Encore une fois, voici le soir : c'est l'heure
du berger et l'heure du boston. Réunis dans
un salon, où les chandelles et les chaufferettes
remplissent un grand rôle, les amateurs jouent
et varient leurs plaisirs avec le grave piquet
ou le fatidique nain jaune ; les mauvaises têtes
se risquent à l'écarté, le jeu du progrès : les
enjeux sont sur la table, dans le pied d'un
chandelier tout chargé de vert-de-gris, que
se disputent ces intrépides joueurs. Heureux
encore, lorsque quelque Malibran de l'endroit,
frappant de sa main décharnée une épinette
criarde, ne glapit pas en faux bourdon le *Di
tanti palpiti* en patois, ou la romance d'*O-*

tello traduite dans le pur dialecte gascon. Mais
tous les bourgeois ne s'astreignent pas chaque
soir aux lois de la société, et beaucoup, au
grand regret de leurs moitiés, au grand scandale des vieilles filles, préfèrent l'estaminet,
où, réunis entre eux, sans frais de toilette ni
de galanterie, ils jouent, fument et sablent
la bière ou le vin du crû dans le fourré de la
taverne du coin, ou bien ils lisent les jour-
naux les plus révolutionnaires, et Dieu sait
quelle politique se fabrique à la clarté de ces
lampes mal allumées comme les têtes ! —
Parmi les plus vifs plaisirs de l'honnête cita-
din, il faut encore compter la promenade publique du dimanche, sur le Cours ou sur les
remparts, avec accompagnement de musique
de la garde nationale.

Lorsque après avoir épuisé le printemps,
l'été, l'automne enfin, arrive la saison du
spectacle, c'est avec impatience qu'on attend

12.

tel ou tel faible détachement d'une faible troupe de la grande ville voisine. Mais comme c'est la seule association dramatique à vingt lieues à la ronde, elle reçoit un bon accueil, on applaudit tout haut et l'on critique tout bas. La troupe tient ferme sur ces planches mal jointes, et les actrices, terreur des bonnes familles, après avoir joué toute espèce de rôles, partent comme elles sont venues, n'ayant en définitive *enlevé* que des suffrages. — De dix à onze heures du soir, tout est dit pour les bourgeois; chacun va se coucher. Voilà donc nos gens rejoints; voilà notre homme en bonnet de coton, qui, content de sa journée, attend que le ciel le gratifie d'un lendemain tout pareil. Et si, parfois, la lampe éteinte, son esprit veille encore, et que dans cet état vague, et doux avant-coureur d'un bon sommeil, il laisse errer au loin l'imagination vagabonde, c'est qu'il se rappelle que dans cet

abîme, nommé Paris ; il y a bien quelques-
uns des heureux du siècle qui ont pris la vie
à rebours et qui se lèvent avec la lune, com-
mencent leur journée au spectacle, se promè-
nent dans les raouts, veillent jusqu'au matin
au club ; êtres fantastiques qui ferment les
yeux au jour et fondent comme neige aux premiers rayons du soleil.

Cependant , *quoi qu'ils disent*, les bons
bourgeois de province sont aussi généralement de fort bonnes gens. Ils ont voué un
culte fidèle aux vertus de la famille ; on ne
voit point parmi eux de ces fastueux avares
qui font sonner très haut des bienfaits orgueil-
leusement philantropiques, et qui en secret,
refusent de tendre une main secourable à
leurs parens les plus proches. Si leur charité
ne se montre pas *à tout propos*, elle dirige
toutes leurs actions, et c'est ainsi qu'il n'est
pas rare de voir près du lit d'un malade,

se succéder, pendant le cours d'une longue maladie, toutes les personnes de sa connaissance. Ainsi encore, on voit les provinciaux accueillir, héberger, protéger les proscrits avec cette hospitalité des âges homériques : des banquets publics leur sont offerts, les beaux esprits du lieu leur font hommage de leurs vœux ou de leurs regrets, sous forme de chansons à boire. Que dirons-nous? Le foyer de chaque famille leur est ouvert, et souvent de touchantes adoptions font rêver au pauvre exilé les tendres liens qui lui rendent une patrie absente. — Glorifions donc ces modestes vertus, respectons l'épiderme de ridicule qui les entoure, jugeons plus avec le cœur qu'avec l'esprit, et de ces deux choses : Être heureux ou le paraître, rappelons-nous qu'il faut choisir.

MARTHE ET MARIE.

Marthe, Marthe, vous vous
occupez de bien des choses!
Une seule est nécessaire!
(*Évangile.*)

I.

Par une douce soirée de mai, deux jeunes
filles étaient assises sur le perron de marbre
d'un bel hôtel donnant sur un jardin où fleu-
rissaient des lilas.

Les voix pures de ces deux sœurs s'unis-
saient dans le chant harmonieusement monotone d'un cantique; et ces sons montaient

au ciel avec les parfums du printemps,
suave et pur encens, digne de la reine des
anges!

Mais les deux jeunes voix émues se trou-
blèrent ensemble, devinrent de plus en plus
faibles; et c'était plutôt émotion que timidité,
car, au même moment, les larmes coulèrent,
et ces deux jolies têtes brune et blonde furent
rapprochées dans une douce étreinte.

— O ma pauvre Marie! dit l'une des deux
sœurs, c'est donc la dernière fois que nous
chantons et que nous pleurons ensemble!

— Tu le veux, Marthe! dit une voix de
femme qui sortit du fond du salon.

— Dieu le veut! répéta Marie.

— Ma tante, reprit-elle en se tournant vers
la personne qui venait de parler, ma tante,
vous ne connaissez pas les vers que Marthe
m'a faits pour adieux?

—Voyons donc, dit leur tante avec un bienveillant sourire.

Et Marie, malgré la résistance de sa sœur,
lut d'une voix mal assurée :

O toi, de ma famille entière,
Toi, qui me restas la dernière,
Il faut, hélas! nous séparer!
Ma sœur, je n'ai plus qu'à pleurer.

Nous fûmes ensemble éloignées
De notre foyer paternel.
Alors un lien éternel
Semblait unir nos destinées.

Mais de tous ceux qui me sont chers
Le Destin cruel me sépare.
Ah! nul de ses dons ne répare
Pour mon cœur ces momens amers !

Quand le souvenir nous rassemble
Avec ceux qui sont loin de nous;
Vers notre temps passé, si doux,
Au moins nous retournons ensemble.

Et toujours unissant nos cœurs
Dans cette intime confiance,
J'étais comme ta conscience,
Pour t'éclairer sur tes erreurs.

Doux titres de sœurs et d'amies,
Charme divin de nos beaux jours;
Soyez-nous précieux toujours,
Pour toujours embellir nos vies.

Du temps loin de nous éclipsé,
Ce que j'aime, que je regrette,
Dans tous nos discours se reflète;
Je pleure en toi tout mon passé.

O toi, de ma famille entière,
Restée avec moi la dernière,
Il faut, hélas! nous séparer.
Ma sœur, je n'ai plus qu'à pleurer!

Et les deux sœurs pleurèrent encore ensemble. Leur tante prit Marthe par la main, et l'emmena dans le jardin.

— Ma chère enfant, dit-elle avec douceur,

il en est temps encore ; reste avec nous, avec ta sœur, si cette séparation vous afflige tant toutes deux ! Rien ne te force à partir.

— Oh ! vous êtes trop bonne, ma tante, mais moi je serais bien faible et bien lâche si je reculais devant l'exécution d'un pareil parti pris depuis si long-temps ! Je me suis dit dès mon enfance que, dans la pénible position de notre famille, ruinée par les révolutions et retirée dans un village, je ne pouvais lui être utile qu'en cessant de lui être à charge... Je trouve dans l'éducation que notre mère nous a donnée un moyen d'existence honorable et indépendante, et plus pour elle que pour moi-même je dois en profiter.

— Pourquoi ne pas différer encore ?

— Différer serait souffrir plus long-temps ; il ne faut pas que les larmes de quelques jours ébranlent une résolution de plusieurs années. Cette place de sous-maîtresse que j'ai constamment cherchée pendant mon séjour provisoire chez vous, ma tante, vient de m'être offerte; je ne puis laisser échapper cette occasion.

— Réfléchis encore, mon enfant, et si tu ne peux enfin supporter le genre de vie dont tu vas faire l'essai, reviens avec ta sœur!

— Ma pauvre sœur ne profitera pas long-temps, ma tante, du généreux asile que vous nous accordez. Je crois sa vocation irrésistible!

— Et tout le monde t'accuse d'y avoir beaucoup contribué par tes conseils.

— Et c'est encore une raison de, plus pour *moi* de m'éloigner d'*elle*, afin qu'elle puisse prendre un parti décisif avec tout son libre arbitre, non que je veuille nier l'approbation qu'en *conscience* j'ai cru devoir donner aux projets de ma sœur, malgré l'opposition de toute notre famille.

— Et tu penses qu'elle sera heureuse?

— Une vocation! ma tante! mais c'est un feu qui s'élève toujours et qui s'alimente en consumant les obstacles qu'on lui oppose!

— Et la tienne est d'être poète?

— Peut-être! lorsque je m'interroge je puis me répondre que, si j'avais une grande fortune, j'écrirais pour le seul plaisir d'écrire; que, si j'étais au fond d'une prison, je serais capable, comme Silvio Pellico, d'écrire sur du bois et sur les murailles en effaçant à *mesure*. Enfin j'espère que ces dispositions ne me mèneront pas uniquement à une passion malheureuse pour la littérature.

— Mais tu n'auras pas le temps de t'en occuper dans tes classes.

— Il y a bien quelques momens de récréation. Je sens qu'en restant ici je puis, à force de reconnaissance, m'acquitter envers vous, ma tante, mais je suis d'âge et de cœur à ne plus rien devoir qu'à moi-même !

— Quel dommage que tu ne sois pas homme ! avec ces idées fortes tu aurais su faire ton chemin ! Enfin, ma chère Marthe, souviens-toi de mes dernières paroles, et, quand tu le voudras, reviens à nous !

Marthe, vivement touchée de la bonté de sa tante, ne put répondre qu'en l'embrassant, et revenue près de sa sœur elle pleura *en silence*.

Quinze jours plus tard une voiture s'arrêtait à l'entrée d'un pensionnat situé au fond d'un faubourg de Paris. Marie en descendit et demanda Marthe, qui vint au parloir

Elle semblait calme, mais toujours un peu triste. Ce ne furent que questions réitérées.

— As-tu bien pleuré le premier jour? disait Marie.

— Non, je n'ai pas versé une larme depuis que je t'ai quittée, mais j'ai éprouvé les plus

pénibles sensations, me trouvant pour la première fois de ma vie dans un lieu où je n'étais
entourée que de personnes tout-à-fait étran-
gères, je sentais un affreux isolement de cœur
au milieu de toutes ces indifférentes qui m'ob-
servaient avec plus de curiosité que d'intérêt.
Je n'ai pas même la douceur de la solitude;
car nul de mes momens ne m'appartient à
moi seule; la nuit même je suis avec les élèves
dans le dortoir, où je me couche à huit heures
pour me lever à six heures du matin lorsque
la cloche du matin nous réveille.

Après avoir entendu les détails du genre de
vie de sa sœur, Marie lui annonça qu'elle venait enfin d'obtenir de leurs parens la permission si long-temps désirée d'entrer au noviciat des sœurs de la Charité.

Marthe, surmontant la douleur que lui causait le nouvel obstacle qui allait s'élever entre
elles, félicita courageusement sa sœur.

C'est qu'en effet elle l'admirait au point de l'envier, cette vocation qui depuis la première communion de Marie avait été *le rêve de son enfance* et l'unique penchant de sa jeunesse!

L'imagination de Marthe lui tenant lieu d'expérience, elle avait à peine entrevu la vie qu'elle l'avait comprise, jugée. Elle voyait que sa sœur n'était pas faite pour le monde ou que le monde n'était pas fait pour elle: Il n'y avait dans toutes les conditions d'ici-bas qu'un seul emploi qui fût digne de cette âme si pure : celui de se vouer à faire du bien.

— Oui, disait-elle à Marie, c'est remplir dignement le but de son existence que de se consacrer à la *charité!* Les femmes ne sont-elles pas des êtres envoyés de Dieu dans cette vallée de larmes pour prier, aimer, consoler? Elles agissent *contre nature* quand elles ne sont pas bonnes et utiles. Leur mission est toute de douceur et d'amour; ce sont *les sœurs de*

charité qui la remplissent dans toute son étendue en servant d'intermédiaires comme des
anges visibles entre Dieu et les hommes. Heu-
reuses celles qui sont appelées à cette sublime
vocation! Je n'ose me flatter de l'avoir un jour,
ce courage de me vouer au service de Dieu
en la personne des pauvres; mais je sais l'apprécier et l'admirer en toi! Peut-être aussi le
ciel me le réserve-t-il pour remplir un jour le
vide de mon âme, si elle perd toute affection,
comme toute illusion terrestre!

— Ma sœur, répondait l'humble Marie, il
y a plusieurs voies pour venir à Dieu. Je n'ai
aucun mérite à suivre celle où je me trouve
si heureuse! Dieu ne pouvait me donner ce besoin de félicité sans avoir en même temps
créé les moyens de le satisfaire. C'est à moi
de le prendre, ce bonheur où Dieu l'a placé!

— Ah! ma chère Marie, le bonheur que
tu trouves n'est pas celui qui doit t'attirer

13

des *compensations*, mais des *récompenses!*

En ce moment un domestique entra et dit aux deux sœurs qu'elles étaient demandées chez leur tante; car leur grand oncle, malade depuis long-temps, se trouvait à toute extrémité et désirait les revoir.

Marthe ne prit que le temps de prévenir dans sa pension et suivit sa sœur auprès du mourant.

Quand elles approchèrent du lit d'agonie du vieux général D..., elles virent qu'il avait à peine sa connaissance; cependant il prit la main de Marie et lui dit d'une voix affaiblie : Marie, vous qui allez aussi quitter le monde, priez pour moi !

Marie s'agenouilla près du mourant en s'écriant : Que Dieu nous réunisse bientôt dans le ciel !

Témoin de cette scène, Marthe sentit se réveiller en elle cette *fibre* poétique qui vibrait à

chaque vive impression de son âme. En effet,
c'était un spectacle touchant et solennel que
celui de ces deux êtres se faisant leurs adieux
sur les confins de ce monde qu'ils allaient
quitter par des voies si diverses : l'un en gémissant, l'autre en souriant! tous deux *obéis-
sant à la voix de leur Dieu!*

Ce pâle agonisant qui allait abandonner la
vie en l'aimant encore; cette jeune fille qui
voulait fuir le monde qu'elle craignait sans le
connaître, témoin de regrets qu'elle plaignait
sans les comprendre! Elle qui offrait à Dieu sa
vie en la fraîcheur de la jeunesse, sans plus
d'efforts, sans plus de tristesse qu'elle n'en
éprouvait en cueillant des fleurs pour l'or-
nement des autels!

Et c'était la jeune fille qui donnait du courage au vieux guerrier au moment de ce dernier combat! Elle se sentait aussi plus forte
pour la fuite volontaire de ce monde auquel

13.

tous deux donnaient ensemble pour adieux un regard de pitié.

II.

Les deux sœurs se trouvaient séparées par une longue distance. Marie, après six mois de noviciat, avait été envoyée à Milan, et Marthe était demeurée religieusement fidèle au parti de son choix. Elles s'écrivaient souvent et se rendaient un compte exact de l'emploi de tous leurs momens; chacune d'elles y associait le souvenir de sa sœur avec une tendre émulation.

Le matin, à six heures, quand la cloche du dortoir réveillait Marthe au milieu de son troupeau de jeunes filles endormies, elle pensait que sa sœur Marie, levée avant le jour,

avait déjà, par de bonnes œuvres, attiré la
bénédiction de Dieu sur la journée. Lorsque,
dans les classes, profitant de quelques momens
de repos, elle épanchait ses idées, toujours re-
foulées sur elles-mêmes, en écrivant rapidement quelques lignes qu'il lui fallait interrom·
pre pour répondre aux enfans ou leur recom-
mander le silence, Marthe pensait à sa sœur, qui
avait autant besoin de patience, et plus encore
de courage, pour supporter les plaintes, les
murmures des pauvres malades, et pour soutenir la vue des maux qu'elle avait à soulager.

Et lorsque Marthe, aux récréations, était
toujours entourée de cet essaim d'enfans qui
l'appelait *Maman*, elle pensait à la grande
famille des pauvres adoptée par sa pieuse
sœur.

Parfois, dans les beaux soirs d'été, quand
le soleil cessait de dorer les arbres du jardin
enclos de quatre noires murailles, quand

Marthe enivrée des fraîches et suaves sensations de ces douces heures du crépuscule,
s'abandonnait à une rêverie qui, l'isolant de
tout le matériel de l'existence, la transportait
aux plus hautes régions de la poésie, au moment le plus délicieux de son extase, la grosse
cloche du soir lui rappelait brusquement qu'il
fallait faire rentrer les pensionnaires au dortoir et se coucher comme elles à huit heures.
Oh ! alors elle avait besoin, pour se résigner
et ne pas pleurer ses belles soirées d'autrefois
passées au clair de lune, de penser à sa
sœur Marie, qui ne pouvait jamais compter
sur le repos entier de la nuit, et dont la cloche
funèbre troublait si souvent le sommeil !

Un soir, les élèves confiées à sa garde se
trouvaient n'avoir pas plus besoin de dormir
que leur jeune maîtresse ; malgré les recommandations de silence, le dortoir était en état
d'insubordination et presque de révolte. Les

paroles se croisaient, les éclats de rire circulaient de lit en lit, et les plus mutines de ces jeunes filles ne voulaient pas plus se tenir en repos qu'en silence.

Marthe était une *petite maman* trop aimée pour être bien imposante ; elle épuisait vainement son éloquence : ses prières n'étaient plus écoutées, ses menaces n'effrayaient personne.

Enfin elle découvrit qu'une seule de ses élèves était silencieuse et triste, pensant à sa mère mourante.

— Mesdemoiselles, dit Marthe, je ne puis vous forcer au sommeil, mais je veux vous demander, puisque vous ne dormez pas, de faire avec moi et notre pauvre Eugénie une prière pour sa mère bien malade.

Personne n'osa refuser. Le cœur et le respect humain étaient là ; toutes ces jeunes voix changèrent un bruit confus et tumultueux en

une douce et fervente prière. Et Marthe pensa
aux âmes que Marie appelait à Dieu.

Un jour les élèves la virent pleurer d'atten-
drissement à la lecture d'une lettre de sa
sœur qui lui disait :

« Je sais que je dois à Dieu de la reconnaissance pour ma vocation ; mais je la dois en
partie, ma chère sœur, cette vocation, à tes
bons exemples et au goût pour la piété dont
tu me donnas les premiers principes ! Une
telle œuvre mérite une gratitude éternelle.
Oui, ma vie est employée en actions de
grâces de la faveur que Dieu m'a faite en
m'inspirant dès mon enfance cette aversion
pour le monde ! Mon seul regret est de penser
que je suis la seule heureuse de notre famille ! »

Marthe répondit à Marie :

« Comme toi, ma sœur, effrayée du vide
et du néant de toutes choses terrestres, édi-
fiée par ton exemple, touchée par tes senti-

mens, peut-être un jour me verras-tu me
réunir à toi, et deviendrons-nous doublement
sœurs. Si, appelée vers le même but, je me
suis arrêtée en route, en reportant mes regards indécis vers le monde, si ma pensée active demande encore le bonheur à la terre, ce
n'est peut-être qu'afin de pouvoir, en revenant
à toi, te donner cette réponse : *Le bonheur
n'est pas là!*

» Il me faut si peu d'efforts pour me séparer
du monde et me convaincre que je n'y suis
utile ni bonne à rien !

» Je suis d'une famille assez pauvre et assez
nombreuse pour que je ne puisse mieux servir
mes parens qu'en m'éloignant d'eux pour me
créer des moyens d'existence qui les soulagent.
Je dois renoncer, n'ayant pas de fortune, à toute
chances d'établissement, et même redouter,
comme la source des plus grands malheurs,
les illusions qui pourraient m'abuser à ce

sujet ; tu sais que par l'emploi de tout mon
temps je ne puis trouver qu'à peine de quoi
subvenir à ma propre existence. Tu sais aussi
combien je fonde peu d'espoir sur les démarches des amis de ma famille au sujet de cette
place que je ne pourrais obtenir que par une
faveur sur laquelle je n'ai pas l'ambition de
compter. Non! mon seul espoir, ma seule
consolation est en Dieu! Prie-le pour moi,
mon bon ange. »

Malgré ces velléités de vocation, Marthe
se sentait reprendre à ses idées et à ses occupations habituelles ; elle tenait au monde
par bien plus de liens qu'elle ne le croyait encore. Pour l'abandonner sans regrets, ce
monde, il faut ou ne pas le connaître, comme
Marie, ou le connaître mieux que ne le faisait
Marthe.

Bien des mois s'écoulèrent sans apporter
des changemens dans la position des deux

sœurs. L'une et l'autre se trouvaient heu-
reuses; mais Marie l'était bien plus en servant
Dieu qu'elle aimait, que Marthe en travaillant
pour le monde qu'elle voulait mépriser.

Enfin un jour on remit à Marthe une grande
enveloppe scellée des armes royales. C'était
cette nomination inespérée à une place que,
par surcroît de faveur, elle était dispensée
d'exercer en personne, et dont elle devait obtenir un revenu qui pouvait suffire aux besoins
de sa modeste existence.

Son premier mouvement fut de remercier
le ciel! La reconnaissance était un des premiers besoins de son âme dans les momens
de bonheur.

Elle pensa avec délices à son temps, dont
elle allait reconquérir l'emploi pour le conse-
crer à ses études et à ses occupations favorites, puis à sa bonne grand' mère avec laquelle depuis long-temps elle avait fait, dans

ses rêves d'ambition, le projet de se réunir!

Mais elle pensa avec tristesse à toutes les personnes dont elle était aimée et qu'il lui fallait quitter.

Ce fut une bien pénible séparation que celle de Marthe et de ses petites élèves, pour lesquelles elle avait des sentimens de sœur et de mère à la fois. Elle ne quitta pas cette maison comme un captif qui sort de sa prison, mais comme un enfant qui s'exile du toit maternel.

Elle parcourut d'un regard mélancolique ce doux asile de l'innocence où elle avait passé des jours si purs et si paisibles. Lorsqu'elle se leva pour la dernière fois de cet étroit lit de fer où elle s'était si souvent couchée à l'heure où disparaissait le soleil, jusqu'au bruit de la cloche sonnant un réveil matinal, elle pensa que, si un heureux prodige du sort embellissait son avenir, dans quelque brillante position qu'elle pût être, elle conserverait

toujours un doux souvenir de ces temps d'é-
preuves.

Un mois entier se passa dans de grandes
affaires. Elle eut à entreprendre un voyage
pour aller prendre possession de son nouvel
emploi. Trop pauvre pour en faire les frais,
trop fière pour demander des secours à sa famille ou pour en accepter de ses amis, elle se
détermina à s'adresser directement à son au-
guste protectrice, à qui elle exposa la nécessité
où elle se trouvait d'implorer un nouveau
bienfait pour pouvoir profiter de celui dont
elle était déjà si reconnaissante, et la réponse
lui apporta les moyens de subvenir aux dépenses que ce changement de position allait
exiger. Quelque temps après, elle put aller
enfin s'établir chez sa grand'mère, qui, sans
fortune et infirme, vivait triste et isolée.

Mais les *prospérités* ne lui avaient pas fait
oublier sa sœur Marie; restée assez long-temps

sans recevoir de ses nouvelles, elle s'en affligeait sans pourtant s'en alarmer. Un jour elle lui écrivait :

« J'abdique mon droit de naissance et ma dignité de sœur aînée pour te faire des avances et te donner le baiser de paix... »

En ce moment elle fut interrompue par la visite de sa tante, revenue depuis peu de la campagne, et qu'elle n'avait pas vue depuis long-temps. Elle alla avec empressement au-devant d'elle, qui s'avançait l'air triste et les larmes aux yeux !

— Marthe, lui dit-elle, n'as-tu point de nouvelles de Milan ?

— Non, et j'écrivais justement à Marie.

— Pauvre Marie ! J'en ai eu, moi, de bien mauvaises nouvelles !

— Grand Dieu ! est-elle donc malade ou malheureuse ? dit-elle avec angoisse.

Sa tante pleura en lui répondant :

— Elle ne souffre plus !

— Elle est morte ! s'écria Marthe avec un accent déchirant. O mon Dieu ! elle est bien heureuse ! Je la regrette sans la plaindre.

Et elle tomba à genoux en sanglottant et répétant : « Pauvre Marie ! elle est bien heureuse ! »

Et sa tante, d'une voix attendrie, lui lut la lettre qu'elle venait de recevoir de la supérieure de la communauté, tandis que Marthe, dans un douloureux recueillement, écoutait ces simples paroles :

« Notre bonne sœur Marie vient de mourir dans la paix du Seigneur, après huit jours d'une maladie violente qu'elle a gagnée dans l'exercice de ses saintes fonctions. Elle est morte en priant Dieu pour sa famille et surtout pour sa sœur Marthe. C'est pour vous prier de la préparer à cette perte cruelle que je m'adresse à vous, Madame. Que la famille

de notre chère sœur Marie sache, pour sa
consolation, qu'elle est morte en bénissant
Dieu qui l'appelait sitôt à une récompense
dont elle ne se croyait pas encore digne.
C'était un fruit mûr pour le ciel, Madame,
et Dieu lui devait la grâce d'une si bonne
mort pour couronner une si sainte vie! »

— Chère Marthe, pense donc, ajouta sa
tante, pense que tu étais déjà séparée de ta
sœur pour toute ta vie; il n'existait plus entre
vous en ce monde que ces liens des âmes,
cette union de sentimens qui, selon les consolantes doctrines de la religion, ne cessent
pas après la mort!

— Oh! oui, dit Marthe, ô ma sœur, il me
semble que nous sommes moins éloignées par
la mort que par cette longue distance sur
terre. Mais si elle a dû étouffer des regrets à
sa dernière heure; si, en expirant loin des
siens sur une terre étrangère, dans un hos-

pice, hélas! elle avait eu quelques tardifs re-
pentirs! Oh non! cette crainte est un blas-
phème! Si Dieu est juste, son agonie a dû
être paisible! Je suis plus à plaindre qu'elle.

— Marthe, ma fille, ne laisse pas abattre
ton courage; pense que tu dois compter plus
que jamais sur le secours de Dieu, car tu as
une protectrice de plus au ciel! Tu as suivi
d'autres voies que ta sœur; mais vos cœurs
étaient animés des mêmes sentimens. Vous
recevrez toutes deux votre récompense.

— Ah! dit Marthe en levant au ciel ses
yeux baignés de larmes, Marie a choisi la
meilleure part!

L'HOMME DE QUARANTE ANS.

Il est reçu d'après Balzac, et sur la foi de
certain monarque anglais, que les femmes de
quarante ans ne laissent pas que d'avoir quelque mérite. — N'en peut-on pas aussi reconnaître à un homme de quarante ans? S'il n'est
pas ce *ci-devant* jeune homme connu partout,
loin de cacher ses cheveux gris (car les hommes *du siècle* ont des cheveux gris même avant
quarante ans), il s'en fait honneur, et pousse

14.

la coquetterie jusqu'à avoir, en opposition
avec lui, un *jeune ami* qu'il protége, qu'il
écrase de sa supériorité, et qui ne peut paraître auprès de lui, en toutes choses, qu'un
fort mince écolier.

Il existe naturellement mille nuances diverses entre tous ceux qui passent par cet âge
transitoire ; mais il n'y a guère cependant que
deux catégories bien distinctes : celle des
hommes de bon esprit, qui acceptent leur âge
de bonne volonté, et en savent tourner à leur
profit et à leur honneur toutes les consé-
quences ; et la catégorie des hommes qui renient leurs quarante ans et ne cessent de se
rajeunir jusqu'à ce qu'ils soient *en enfance.*

A ceux-ci les faux *toupets*, les faux *rate-
liers*, les moustaches faux teint et les favoris
noirs-bleus *liserés de blanc*, à fleur de visage
(lugubre effet d'une seule journée de négli-
gence de barbe) ; à eux les corsets élastiques

et mille agrémens factices dont l'énumération serait trop longue. Malgré les heures
passées à leur toilette, entre les mains des
pédicures et *manicures*, ils ne peuvent s'ôter un
seul jour ; mais, en revanche, ils s'affublent
de quelques ridicules de plus.

Laissons — les courir péniblement après la
jeunesse qui les fuit et dont chaque pas les
éloigne ; revenons à l'homme *fort* et fier de
ses quarante ans, qui comprend et exploite
les avantages de ce beau chiffre. Celui-là est
vraiment aimable, parce qu'il n'affiche plus la
prétention d'être aimé. Il n'ira pas dire qu'une
jeune fille *n'a pas de cœur* parce qu'elle ne
l'a pas aimé. — Mais si on le lui donne, ce
cœur, il le considèrera comme une *très bonne
fortune*, tout-à-fait inespérée, et dont il jouira
en toute humilité.

Et cependant il l'aura conquis surtout par
cet air de royal dédain, de moquerie spiri-

tuelle, qui excite au dernier point l'amour-propre et la coquetterie..—Plaire à un homme moqueur est un si flatteur triomphe : tout ce qu'il ne critique pas, il semble presque l'admirer.

Il me fut conté une assez singulière preuve de la jeunesse, disons mieux, de *l'enfantillage* d'un homme de quarante ans. — Je la narrerai avec toute la discrétion désirable pour le *pied* qui est sur le *tapis* dans cette véridique histoire.

Un homme de quarante ans passait sur le boulevart. Il regarde par hasard dans une boutique de cordonnier, et voit dans la main de la boutiquière un pied qui lui *sourit*. Aussitôt la tête se monte. Le pied, fort innocent de tout cela, trouve enfin brodequin à sa taille, bien étroit, bien cambré, et sort, passe son chemin avec, sans se douter du *coup* dont il était coupable.

Deux jours plus tard, une façon de gamin vient réclamer au pied, de la part du cordonnier, les brodequins, pour modèles de ceux qui ont été commandés. Le pied, qui aime ses aises, refuse de livrer les brodequins. Le gamin insiste, promet de les rapporter promptement. Le pied fléchit, et les brodequins sont livrés.

Quelques jours se passent ; des brodequins, point de nouvelles. Le pied accourt chez son cordonnier, et lui fait de vives réclamations. L'artiste ouvre de grands yeux, ouvre de grandes oreilles, et déclare qu'il ne comprend pas. On s'explique, et le pied acquiert la certitude que les brodequins n'ont point paru sur leur sol natal, et qu'il n'y a même aucune espèce de gamin à qui s'adresser à ce sujet. La marchande proteste que non seulement elle n'a pas entendu parler des brodequins, mais qu'elle a entendu moins encore parler du pied ; ce qui donne d'étranges soupçons.

Bref, le lendemain, la petite poste était complice de la missive suivante :

« Ils sont là, devant moi, ces délicieux
» brodequins ! Je les vois, je les touche, et
» (oserai-je vous le dire, fou que je suis !) je
» les couvre de baisers ! Il me semble qu'il y
» a en eux d'invisibles atômes, et mon imagi-
» nation égarée....

» Rassurez-vous (Madame ou Mademoiselle),
» je vous les rendrai, je veux vous les rendre !
» Ils presseront encore, je l'espère du moins,
» ces pieds qu'ils aiment ! Vous ne me punirez
» point de mon extravagance ! O faites, je
» vous en supplie, que je sois assez heureux
» pour vous remettre moi-même ces brode-
» quins que je voudrais garder toujours si je
» ne les avais volés.—Vous ne me connaissez
» pas, mais vous vous connaissez vous-même,
» et c'en est assez, pour que vous ne doutiez

» pas que je ne sois digne de la grâce que je
» vous demande. — Veuillez agréer l'assu-
» rance du profond respect avec lequel, etc.

Je vous ferai remarquer, intelligent lecteur,
que s'il faut prendre *au pied de la lettre* la
lettre du pied, elle prouve à *quel point* on peut
être encore jeune à quarante ans !

Bien entendu le pied ne fait pas un pas
pour approfondir ce mystère. — Les lettres
arrivent encore, —parlant toujours des *sacrés
brodequins,* mais repoussés d'un pied qui
s'arme, comme *mesure* de sûreté, du plus sublime silence. — L'amateur désespéré, mais
édifié de tant de vertu, se décide à faire
remettre par un tiers la chaussure à son pied.

Mais, nous l'avons dit, tous les hommes de
quarante ans sont loin d'être capables d'enthousiasme pareil. — Ceux qui sont l'orne-
ment de leur *catégorie,* — ceux qui ont cet
esprit fin, railleur et sceptique dont nous

avons presque fait l'éloge, sont blasés, désillusionnés, se défient des autres et se défient surtout de leur propre cœur ; leur plus grande crainte est d'aimer encore, ou de laisser voir combien ils peuvent encore !aimer. — Ils redoutent à l'avance l'ascendant que l'on pourrait prendre sur eux, et plutôt que de risquer d'être dupes, ils préfèrent se montrer ingrats.

Ils gardent pour eux seuls l'expérience qu'ils ont acquise, et qui pourrait leur servir à rendre la vie si douce et si facile à celle qu'ils aimeraient, et aussi ce fruit de l'arbre de la science leur est un poison *amer au cœur*.

L'homme de quarante ans le plus sceptique, le plus sec au fond de l'âme, est souvent celui qui dépense au dehors le plus d'indulgence; il comprend tout et connaît tout; — il sait tout excuser, rien ne l'étonne que le bien, il n'ose pas y croire; — mais il se trouverait compromis s'il n'avait pas prévu et prédit d'avance le mal.

Un homme de quarante ans se permet du *goût* pour une femme, mais s'interdit toute passion ; malheur à qui s'y trompe ! Et il est si facile de s'y tromper ! L'homme qui n'a que du goût pour une femme est mille fois plus aimable avec elle que celui qui l'aime passionnément. Il a le libre usage de toutes ses facultés intellectuelles ; il est si aisé de faire beaucoup de cœur avec un peu d'esprit !

On voit toujours avec plaisir une personne pour qui l'on n'a que du goût ; — comme on la quitte sans regrets, comme on supporte son absence sans peine, ce qui exclut toute jalousie, toute tyrannie.

Enfin, l'homme de quarante ans, je ne dirai pas bien *conservé*, mais tout à fait *perfectionné*, a en lui tous les élémens du bonheur, et s'il n'en donne aux autres, ni n'en jouit lui-même, c'est sa faute ; — la faute de son esprit qui l'emporte sur son cœur.

L'homme de quarante ans, sans esprit, est plus ridicule qu'à tout autre âge. — Celui qui est trop spirituel a mille chances de se rendre malheureux.

Un homme de quarante ans, qui a passé pour avoir quelque succès dans le monde, est *posé* favorablement auprès des femmes, qui aiment généralement les célébrités, et pour lesquelles le suffrage d'un *connaisseur* a bien plus de prix que celui de simples *amateurs*, de ces jeunes enthousiastes qui adorent d'instinct, et de parti pris, toutes les femmes, sous tous les aspects et de toutes les couleurs. — Cette banalité est désespérante pour les femmes un peu délicates en fait d'éloges et d'hommages.—Les hommes de quarante ans, ayant tous les moyens de flatter l'amour-propre, et sachant s'en servir, ont nécessaire-

ment les chances les plus belles de succès,—
tout autant pour le moins que les femmes de
quarante ans : *The fattest and the fairest.*

UN DÉVOUEMENT,

OU MARIE ET STELLA.

Une chaise de poste arriva un soir à Naplés,
amenant une jeune femme en deuil, escortée
de plusieurs domestiques ; elle descendit dans
un des premiers hôtels, où l'on sut bientôt
que la baronne de Monval était une riche
veuve qui voyageait pour sa santé.

Le lendemain de son arrivée, elle alla se promener sur le bord de la mer, et là, elle regardait encore avec plus d'intérêt que de curiosité la foule qui s'agitait sur la plage, lorsqu'elle fut reconnue par un homme d'une tournure distinguée, auquel elle fit aussitôt signe de s'approcher d'elle.

— J'ai peine à croire, dit-il, au bonheur de revoir ici la signora Blangy.

— C'est moi-même cependant, qui reviens voir mon pays que ne m'a pas fait oublier mon séjour en France : je suis Italienne de *cœur* et d'*âme*, et je n'ai changé que de nom.

— Me permettrez-vous d'aller vous présenter mes hommages ?

— Je vous recevrai toujours avec grand plaisir ; je loge dans cet hôtel, sur le cours.

Rentrée chez elle, Stella attendit avec impatience la visite d'Octave de Torry, et elle promenait ses regards inquiets des glaces de son appartement, aux fenêtres qui donnaient sur la place, s'occupant à la fois et de sa toilette et de la visite qu'elle attendait.

Le chevalier Torry n'était cependant pour elle qu'un *ami* (dans la plus pure acception du terme); mais l'*amitié* de femme à homme comporte peut-être plus de *coquetterie* encore que l'amour. C'est un sentiment bien moins *naturel* et qui a besoin, pour naître et pour s'alimenter, de mille soins, de mille recherches, de mille prestiges; — c'est un sentiment factice et de convention (vraie fleur de serre-chaude). Tandis que l'amour est à la portée de toutes les organisations, — naît de rien, s'alimente de sa propre substance, parvient sans peine, sans frais aucun, sans aucun secours étranger et accessoire, à dominer toutes les facultés humaines; le plus faible amour a toujours le pas sur la plus solide amitié.

15

Chercher à plaire à ceux qui *aiment*, c'est s'occuper du *moins* lorsqu'on a le *plus*. Stella ne pensait donc tant à paraître belle que parce qu'elle ne croyait pas devoir compter sur une prévention tout à fait aveugle en sa faveur, et que déjà elle craignait des *ans quelque irréparable outrage*.

Elle avait éprouvé des déceptions qui, en détruisant son repos, avaient enfin altéré sa santé. L'infidélité d'un homme qu'elle avait aimé au point de lui sacrifier tous les hommages dont elle s'était vue entourer dans sa première jeunesse, l'avait plongée dans une tristesse dont elle n'était sortie qu'en acceptant un mariage de *raison*. Le baron de Monval fut bon et indulgent pour elle, et parvint à lui faire supporter la vie, qu'il lui embellissait de tout le prestige de l'opulence. Ils passèrent plusieurs années à Paris. Elle se crut presque consolée; mais la mort de son mari vint ra-

viver toutes ses douleurs, et plus triste que
jamais, importunée des vaines distractions
offertes par un monde qu'elle méprisait et
dont elle avait appris à se méfier, elle ne chercha de consolations que dans ses souvenirs;
elle s'entoura de ceux qui n'étaient mélangés
d'aucune amertume: Elle se prit à penser avec
un vif intérêt à ce qui jadis n'avait fait que
flatter son amour-propre sans pouvoir toucher
son cœur. Elle en vint à se reprocher sa fatale constance, qui l'avait prémunie contre
l'impression que l'amour d'un de ses fervens
admirateurs, le comte Tristani, aurait pu pro-
duire en elle; les récriminations de cœur,
exaltant son imagination romanesque, elle
sentit enfin naître en elle des sentimens auxquels jadis elle avait refusé accès, et qui en-
vahirent son âme tout entière. Bientôt elle
se fit ordonner par les médecins un voyage
dans les climats chauds, et quitta Paris pour

Naples, sa patrie, où, depuis son mariage,
elle n'avait entretenu aucune relation.

Riche, indépendante, belle encore, elle
se flattait d'être enfin heureuse ; le comte
Tristani était devenu le héros de tous ses rêves,
quoiqu'il lui en coûtât de substituer cette nouvelle idole sur le piédestal de celle qui si
long-temps avait été l'objet de son culte! Rien
ne coûte tant aux femmes romanesques que
l'inconstance! Une *première infidélité!* c'est
une *apostasie*, et dans leur carrière d'amour,
le *pas* qui coûte le plus aux femmes n'est
pas toujours le *premier*, c'est bien plus
souvent le *second*. Pour se livrer à un premier
amour, il ne faut surmonter que les scrupules,
les préjugés de l'éducation et de la société;
mais pour un *second*, il faut vaincre ses propres sentimens, renier sa foi première, pro-
faner ses souvenirs, et se *fortifier* non plus
seulement contre les réclamations de la con-

science , mais contre les réminiscences du cœur ! Mieux vaut ne pas aimer, qu'aimer plus d'une fois !

Et cependant Stella ne voyait d'avenir heureux que dans cette passion nouvelle qu'elle s'était *improvisée*; revoir le comte Tristani, ranimer en lui ses anciens sentimens et lui donner enfin *sa main, son cœur* et *sa fortune*, tels étaient ses projets et son espoir. La rencontre du chevalier Torry, jadis ami de son amant, amant de son amie, l'avait vivement émue. Il lui en témoigna sa reconnaissance par son empressement à venir la voir. Leur conversation eut bientôt pour objet le souvenir de leurs amis d'autrefois. Stella nomma le comte Tristani, et Octave lui donna sur lui tous les détails qu'elle n'osait demander.—Le comte était toujours à Naples. Après avoir éprouvé pendant assez long-temps une tristesse dont il n'avait pas voulu avouer le motif, il l'avait enfin surmontée, mais sans revenir à ses plaisirs et à ses habitudes de dissipation. Depuis trois ans, enfin, il était devenu aussi raisonnable, aussi modéré, qu'il avait été inconséquent et frivole.

Stella était heureuse d'apprendre ces circonstances, qu'elle ne pouvait interpréter que favorablement pour ses projets d'avenir.

— Il y a bien long-temps, dit-elle, que je n'ai eu de nouvelles de Marie. Vous savez mieux que moi ce qu'elle est devenue, peut-être ?

— Hélas ! dit-il, depuis bien des années je n'ai pu obtenir de ses nouvelles directement ; mais j'ai eu le regret d'apprendre qu'après avoir perdu sa mère, elle s'était enfermée dans un couvent en France.

— Vraiment ! s'écria Stella. Eh bien ! cela ne m'étonne pas : cette pauvre Marie avait le cœur sensible et l'imagination vive. Ces caractères-là sont malheureux dans le monde ; et je suis plus affligée que surprise de sa vocation religieuse.

Le chevalier la quitta en promettant de revenir avec le comte Tristani. Stella crut toucher au moment de l'entrevue la plus pathétique. Son impatience lui fit trouver le temps bien long ; mais elle pensa que le comte voulait se remettre de l'émotion que son retour inespéré lui produisait. Plus d'empressement à la voir l'aurait flattée ; et cependant (tant l'amour-propre a de palliatifs pour le cœur des femmes !) elle trouvait encore manière de voir une preuve d'amour dans un témoignage d'indifférence.

Elle revit enfin le comte Tristani, dont la présence lui causa un trouble qu'elle ne chercha pas à dissimuler. Elle remarqua en lui un embarras qu'elle prit aisément pour de l'émotion. Elle chercha à effacer l'impression

défavorable qu'elle avait autrefois produite
sur lui, et, dans cette première conversation,
convainquit parfaitement les deux amis de ses
sentimens. Elle les engagea à revenir la voir;
ils profitèrent de cette permission; mais le
comte Tristani ne vint jamais sans le chevalier Torry, qui venait souvent seul.

Bien que Stella eût préféré le comte Tristani, elle voyait avec grand plaisir son ami,
qui avait conquis toute sa confiance, et qui se-
condait de bonne foi et avec zèle les projets
qui devaient assurer le bonheur de deux personnes qui lui étaient chères. Il avait renoncé
à être heureux lui-même, et ne vivait plus
que pour ceux qu'il aimait.

Stella avait retrouvé à Naples toutes ses
connaissances d'autrefois. Elle fut invitée et
reçue avec empressement dans la société.
Son esprit, sa grâce, et surtout sa position
de femme riche et indépendante lui assu-

raient bien des hommages que sa vanité
voulait faire servir au triomphe de son amour;
mais le comte Tristani semblait fort indiffé-
rent à ses succès. La contrainte qu'il avait
d'abord éprouvée en sa présence se dissipa,
et ce fut même ce qui acheva d'éclairer Stella.
Il fut avec elle poli et empressé comme avec
toute autre femme; mais aucune nuance de
tendresse, pas même de *rancune*, ne se mêlait à ses relations avec elle; et si quelque
allusion au temps passé lui rappelait ses anciens sentimens, il conservait un calme, une
froideur désespérante.

Et cependant, par un examen attentif et
soutenu, elle acquit la certitude que s'il aimait, ce n'était pas dans le cercle de la société qu'ils voyaient. Une fois, pour éclaircir
de vagues soupçons, elle chanta une romance
qui exprimait le pouvoir et le charme des
souvenirs. Alors il sembla s'attendrir; mais

ses regards distraits et mélancoliques semblaient évoquer du passé une chère et lointaine image. Stella se crut sur la voie d'une découverte.... Elle parla aussitôt des vœux religieux, des jeunes] personnes mortes au monde.... Il resta impassible. Elle fut entièrement déroutée.

Enfin Stella ne put dissimuler ses soupçons jaloux ; elle les avoua au chevalier Torry, et le conjura de lui découvrir ce mystère.

— Il vaut mieux pour moi, dit-elle, perdre tout espoir que de vivre dans cette incertitude, et acquérir une conviction pénible d'abord, peut-être, mais qui me fera moins de mal que des illusions détruites tôt ou tard ; et si, après d'exactes perquisitions, je ne découvrais rien qui justifiât mes soupçons, je serais si heureuse !

Octave lui dit enfin qu'il pouvait lui appren-

dre tout ce qu'il savait lui-même, sans trahir
la confiance de son ami qui, depuis plusieurs
années, avait été avec lui d'une réserve presque offensante. Il convint qu'ayant vu avec
regret le comte Tristani lui retirer sa confiance, il avait souvent cherché à découvrir ce
qu'il ne lui disait plus; mais que sa perspicacité avait toujours été en défaut; qu'il met-
trait désormais plus de soin à s'éclairer, afin
de la satisfaire. Et Stella lui en fit des remer-
cîmens, reçus comme encouragement et récompense.

Stella ne se borna pas à cette première démarche, et elle parvint enfin à découvrir
qu'effectivement le comte Tristani avait une
passion, mais pour une inconnue dont le plus
grand mystère voilait l'existence. Le monde
ne demande qu'à être *bien trompé*, et *péché
caché est à moitié pardonné*. Le comte s'ab-
sentait tous les jours et souvent plusieurs fois

le jour, et passait des heures entières hors de
la ville, sans que l'on connût précisément le
but de ces mystérieux pélerinages. C'était,
suivant toutes les apparences, une simple
paysanne qui en était l'objet depuis plusieurs
années. Stella fut indignée de la bassesse de
ce choix, et crut pendant quelques jours que
sa fierté dompterait son amour ; ensuite,
croyant ne plus s'occuper de cette affaire que
par curiosité, elle se remit, d'accord avec son
confident, à poursuivre le cours de ses dé-
couvertes. Elle sut bientôt de quel côté de la
campagne le comte Tristani se dirigeait si souvent ; et quoiqu'il affectât de sortir de Naples
par des endroits différens, néanmoins on le
retrouvait toujours sur le chemin du Vésuve,
où Octave Torry avait une maison de campagne, située sur une hauteur d'où l'on dé-
couvrait tous les environs ; et ce fut là que
Stella établit son *Observatoire*.

Un jour, choisissant l'heure à laquelle le
comte quittait Naples, elle vint s'installer
dans le belvedère de la maison de son ami, et
de là, braquant un télescope sur la campagne,
elle distingua bientôt le comte qui cheminait
rapidement dans des sentiers étroits et om-
bragés, dont les sinuosités le dérobaient souvent à ses observations. Dans un de ces in-
tervalles, elle parcourut d'un coup-d'œil la
route où il s'était engagé, arrêta sa vue sur
une chaumière entourée d'arbres et située sur
le penchant de la colline; là, elle découvrit un
objet qui fixa toute son attention : une main
de femme venait d'entr'ouvrir le volet vert
d'une fenêtre encadrée de vigne et de chèvre-
feuille. Cette femme portait un costume de
paysanne ; ses cheveux étaient retenus par
une torsade de velours noir, rattachée par
deux grosses épingles d'or, et sa figure, qu'on
ne pouvait parfaitement distinguer, était en-

tourée de dentelles qui retombaient en ar-
rière de sa coiffure ; son corsage, lacé par-
devant, était d'une couleur foncée, qui faisait
ressortir la blancheur d'une guimpe plissée ;
les manches étaient entourées de rubans de
couleurs éclatantes. Tout ce costume était
simple, pittoresque et rempli de grâces. Bientôt
Stella, attentive, vit cette villageoise quitter
précipitamment la fenêtre et reparaître en un
instant sous un berceau touffu qui bordait le
jardin ; de là, elle s'avança encore plus précipitamment jusqu'au bord d'un ruisseau
qui bornait cet enclos champêtre. Alors
Stella put mieux la contempler : toute son attitude annonçait l'agitation d'une chère attente.
Stella remarqua bientôt que la personne
qu'elle regardait voyait enfin le comte Tristani.

Stella l'aperçut aussi ; il arrivait avec empressement. Stella, tremblante d'émotion,
vit, pendant un instant, tous les objets va-

ciller devant le télescope ; et, dans ce court intervalle, le comte Tristani avait franchi rapidement le ruisseau, s'était élancé près de l'inconnue, qui lui tendait les bras, et ils entrèrent ensemble dans la chaumière, dont la porte se referma sur eux.

— Voilà donc, dit Stella, agitée d'un violent mouvement de jalousie et de colère, — voilà donc le seul obstacle à mon bonheur ! Une misérable paysanne trouve, au fond de sa retraite obscure, cette félicité qui me fuit ! Moi, qui possédais tous les biens que l'on envie, je perds jusqu'à mes illusions ! Oh ! pourquoi me suis-je abusée au point de croire que je pourrais vivre sans elles ! Quelle fatalité m'a poussée à me convaincre, par mes propres yeux, de la réalité de mon malheur !

Élle resta un assez long espace de temps à attendre le départ du comte Tristani ; elle le vit enfin sortir de la maison, toujours avec

cette femme, qu'il tenait enlacée, et avec laquelle il se promena en causant. La plus intime confiance, le plus tendre abandon, semblaient exister entre eux. Ils entrèrent sous
le berceau de feuillage, et bientôt une autre
paysanne y apporta une table où elle leur ser-
vit un rustique repas de fruits et de laitage.
Enfin la nuit vint; ils sortirent de dessous ce
mystérieux ombrage. La lune se leva; bientôt,
à sa douce et voluptueuse lueur, Stella put distinguer encore les êtres heureux qu'elle obser-
vait avec tant d'attention. Elle les vit s'approcher lentement ensemble de la porte du jardin; l'ombrage d'un épais taillis lui déroba
leurs derniers adieux; mais elle vit long-
temps, sur le chemin de Naples, le comte
Tristani se retourner souvent vers celle qui le
suivait au loin du regard.

Alors Stella, épuisée de douleur, consumée
du désir de la vengeance, chercha vainement

à profiter du calme de la nuit pour se reposer : elle veillait encore le lendemain, lorsque le chevalier Torry vint s'informer du résultat de ses observations.

Stella, encore exaspérée, lui raconta tout ce qu'elle avait vu la veille. Il chercha à la calmer et à la dissuader du projet d'approfondir davantage cette intrigue.

— N'importe! dit-elle, je boirai le calice jusqu'à la lie…. Je veux voir cette femme, et, malgré les difficultés dont vous me parlez, je saurai m'introduire auprès d'elle. Je veux absolument m'en débarrasser par persuasion, par ruse ou par force. Je l'éloignerai à tout prix !

— Le comte Tristani la retiendra ou la suivra même peut-être.

— Vous jugez bien rigoureusement votre ami, en croyant que rien ne peut le détacher de cette vile et honteuse liaison! D'ail-

16

leurs, une créature de l'espèce de celle qu'il aime doit être accessible à toutes les séductions : elle fera tout ce que je voudrai pour de l'argent.

— Je le souhaite pour vous, Madame ; mais je ne le crois pas.

Pendant bien des jours, Stella chercha vainement le moyen de voir cette mystérieuse et dangereuse rivale. Toutes ses tentatives lui démontrèrent des impossibilités ; et elle commençait à désespérer d'en venir à ses fins, lorsqu'un jour qu'elle se promenait en rêvant à son projet, elle vit le ciel s'obscurcir et un orage s'annoncer. Elle conçut aussitôt l'idée de profiter de cette circonstance ; et, se dirigeant du côté de la chaumière isolée, elle y arriva au moment où l'orage éclatait avec furie. Une pluie battante submergeait la terre, et transperçait les vêtemens de Stella ; le vent faisait tourbillonner autour d'elle ses cheveux épars. Tremblante, égarée, ne distinguant plus que la lueur des éclairs ; mêlant ses cris de terreur au fracas de la tempête, au bruit formidable du tonnerre et des flots de la mer, elle s'élança à la porte de la cabane, et y frappa violemment à plusieurs reprises. Une fenêtre s'entr'ouvrit ; un cri d'effroi et de pitié annonça qu'on allait la secourir ; aussitôt la porte lui fut ouverte, et une vieille paysanne la fit entrer avec empressement. Stella pouvait à peine se soutenir ; elle chancelait, et ses yeux, voilés de pluie et de pleurs, ne distinguaient rien.

— Asseyez-vous près du feu, dit la bonne femme en la conduisant vers une chaise où Stella tomba presque évanouie. O mon Dieu ! elle se trouve mal ! s'écria son hôtesse.

A ce cri, une femme pousse précipitamment une porte, s'avance, et reçoit dans ses bras Stella éperdue, qui s'écrie : Marie !!!

16.

Le saisissement les rendit également muettes et tremblantes. Enfin Stella, reconnaissant le costume de Marie, s'arracha impétueusement d'auprès d'elle.

—Hélas! dit Marie avec douceur, ne devais-je revoir mon amie que pour être repoussée par elle!

— Mon amie!... Oh! oui, mon ancienne amie!... Mais dans quelle position te retrouvé-je ici?...

— Heureuse!

— Heureuse! Ah! je le sais bien; heureuse et coupable! A quel sentiment dois-tu ce bonheur?

— A celui qui te le promit si long-temps, et qui te le donnera peut-être un jour; à celui qui faisait le charme et l'espoir de notre première jeunesse : à l'amour.

— Tu es l'amante du comte Tristani! s'écria Stella se contenant avec peine.

— Je suis son amie, et je refuse d'être sa femme.

— Marie, je me souviens que tu fus ma confidente ; je dois aujourd'hui être la tienne. Confie-moi tous tes secrets ; je te le demande au nom de notre amitié d'autrefois.

— Tu es la seule personne au monde à laquelle je consente à me confier. Mais permets que je ne te parle que lorsque nous aurons pris tous les soins nécessaires pour que tu ne souffres pas de cet orage.

Stella se laissa conduire par Marie dans une chambre dont la simplicité rustique était relevée par une sorte d'élégance. Marie la fit mettre sur son lit, et lui apporta une boisson calmante. Pendant que Marie s'occupait de ces soins, Stella considérait en silence le lieu où elle se trouvait. Les murs blancs de la petite chambre de Marie étaient ornés de jolis des-

sins et de fraîches peintures ; des ouvrages de
tapisserie couvraient le peu de meubles
qu'elle contenait ; la fenêtre était garnie de
fleurs ; les feuilles de vigne qui l'entouraient
garantissaient du soleil une cage couverte de
mousse, renfermant un petit oiseau qui chantait aussi gaîment que dans les bois. Une
table gothique, couverte de papiers de musique, de plumes et de pinceaux, une guitare
suspendue à la muraille, tels étaient les objets
qui remplissaient ce simple réduit. Stella prit
les deux mains de Marie dans les siennes, et
lui dit :

— Oh ! j'ai dû te faire souffrir autrefois !
Quoi ! tu l'aimais, celui dont je te confiai l'a-
mour ?

— Je l'aimais de toute la tendresse qu'il
avait pour toi. Comme lui, j'étais sans espoir,
et comme lui j'étais ingrate envers un cœur
tout dévoué !

— Ce pauvre Torry n'a jamais été aimé de
ceux qu'il aimait ; c'est vraiment le *martyr* de
l'amour et de l'amitié !

— Et moi ! sans cesse combattue par la
crainte de te trahir, d'abuser de ta confiance,
luttant contre mon cœur, m'épuisant en vains
efforts pour oublier celui que tes confidences
me rappelaient sans cesse ; je ne me permettais
pas même un vœu pour le changement dont
dépendait mon bonheur ! et il me fallut attendre
qu'il fût malheureux pour lui faire comprendre
qu'il était aimé !

— Je t'ai servie auprès de lui, je le vois ;
mais comment te retrouvé-je ici ? qui t'a
fait sortir du couvent ?

— Je n'y suis jamais entrée ; mais j'ai pris
ce prétexte pour mourir au monde. Après
avoir perdu ma mère, ne voulant pas vivre
avec des parens qui m'étaient étrangers de

cœur, et qui me surent fort bon gré de m'éloigner d'eux, je vins chercher une retraite où je pus suivre ma vocation d'amour, qui était pour moi une religion! J'ai renoncé à ma patrie, à ma famille, à mon rang et même à mon nom, et je n'ai conservé que la tendresse de l'objet de tous mes sacrifices. Il avait besoin de trouver un *cœur de refuge*, et mon amour ne s'est montré que sous l'aspect de consolation.

— Mais ne pouvais-tu le retrouver sans embrasser cette condition obscure?

—Nous n'avions de rapports et de conformité que dans nos sentimens; je n'aurais pas souffert qu'il dérogeât pour moi, qui ne pouvais cependant m'élever à lui. Alors, je me suis réduite à la dernière des conditions humaines; je me suis faite pauvre paysanne pour être libre et isolée, afin de pouvoir me consacrer à lui, et toute à lui!

— Dis-moi, Marie, quel souvenir gardait-il
de moi ?

— Il t'estima dès qu'il ne t'aima plus; car
je lui fis comprendre que ton cœur n'était
plus libre lorsqu'il t'avait connue; et si, par
scrupule de délicatesse, je ne lui avais pas découvert ton secret lorsque je pouvais avoir
quelque intérêt à cette révélation, je me suis
fait un devoir ensuite de te réhabiliter près
de lui.

— Et tu n'éprouves aucun regret?

— Jamais je ne regrette que de ne pas lui
avoir assez prouvé mon dévouement! J'ai eu
souvent à combattre sa générosité; il souffrait
plus que moi des privations auxquelles je m'é-
tais assujettie... Il eût voulu aussi les partager;
mais j'ai su m'opposer à ce qu'il s'ensevelît
dans l'obscurité qui m'environne; je n'ai pas
voulu qu'il fût privé des plaisirs, des distrac-

tractions et de toutes les jouissances que son
rang lui procure...

— Il voulait t'épouser ?

— Oui, il le voulait, et malgré sa famille,
s'enfuir avec moi; mais je n'y consentirais
jamais.

— Mais cependant c'était le seul moyen
de reprendre une position convenable et ho-
rable dans le monde.

— Aux dépens de ses intérêts qu'une semblable union pourrait compromettre!... Eh!
d'ailleurs, que m'importe que tout le monde
me méprise, si lui du moins m'en estime et
m'en aime davantage.

— Mais s'il se mariait un jour?

— Tout ce que je désire, c'est qu'il trouve un
mariage brillant; il conservera, j'espère,
pour moi de l'amitié, de la confiance; et
si malheureusement notre intimité découverte inquiétait sa femme et menaçait son re-

pos, je saurais lui donner encore des preuves
de dévouement ; en le quittant, je me sacri-
fierais à son repos, comme je me suis dévouée
à son bonheur. Je n'ai jamais cherché que sa
propre satisfaction, et ce n'est qu'en y contri-
buant que j'ai trouvé la mienne.

— Mais enfin, Marie, si tu perdais son
amour ?

— Je souffrirais, et, si je n'en mourais pas,
je l'aimerais encore. Oh! je sais souffrir sans
murmures, attendre avec patience, ou pleurer
avec résignation; et, à défaut de bonheur,
me contenter de l'espérance ou du souvenir!

—Ah! je comprends qu'il ne puisse éprouver
pour une autre les sentimens que tu lui ins-
pires! Qui voudrait les acquérir à un tel prix ?
Mais, chère Marie, si tu éprouvais le plus grand
des malheurs... si tu venais à le perdre?

— Je ne crains pas de lui survivre!... Mais
si un miracle prolongeait mon existence au

delà de la sienne, Dieu, qui m'imposerait la tâche de vivre, me donnerait la force de la remplir! Prier, c'est toujours aimer!...

— Et le repentir?...

— Le repentir, les remords ne sont pas pour moi, dit Marie. Si pour éviter le scandale public je me suis ensevelie vivante, j'ai su me conserver pure aux yeux de Dieu qui seul connaît ma conscience.

A ces mots, Stella lui serra la main; elle venait de comprendre son amie, et savait à quel cœur elle avait affaire.

— Heureuse Marie, jouis d'un bonheur que personne n'a le droit de t'envier!... mais je veux l'augmenter encore en t'apprenant combien ton dévouement est apprécié : apprends que pour en rester digne, le comte Tristani dédaigne tout ce qui lui est offert de plus utile à son avenir... Si tu te sacrifies, eh bien! lui

aussi veut t'immoler toutes ses espérances de
fortune.

— Que dis-tu, Stella? Je deviendrais un
obstacle à son bonheur?

— Pour toi, Marie, il va manquer l'établissement le plus heureux, le plus convenable.
Une femme qui l'aime allait, en lui donnant
sa main, ses richesses, lui r'ouvrir la carrière
des honneurs et des dignités.

— Et sans moi il serait libre, dit Marie en
pleurant; ô Stella! prouve-moi ce que tu viens
de me dire?

— Je te proteste qu'il est vrai que son attache-
ment pour toi est le seul obstacle à ce mariage.

— Merci de m'en avertir, Stella! ô merci!
Repose-toi et laisse-moi penser!...

Et Marie, aussi pâle que les blancs rideaux
du lit, laissa tomber sa tête dans ses mains.

Elles restèrent long-temps dans un morne

silence. Enfin Marie, entendant frapper alla ouvrir la porte à Marthe qui revenait de la ville; Marie, malgré son accablement, s'aperçut que Marthe était aussi fort affligée ; et quand elle la questionna, des larmes sillonnèrent ses joues ridées.

— Grand Dieu, s'écria Marie ! Parlez! que lui est-il arrivé?

— Rien, mais ce que je viens d'entendre dire me fait trembler pour son avenir!

— Mais, qu'est-ce donc?

— Je sors d'une maison où l'on parlait du comte Tristani , où l'on disait qu'il touchait à sa ruine ; que son père , fort appauvri par les derniers événemens politiques, ayant continué à soutenir son rang par les mêmes dépenses, avait détruit toute leur fortune, et qu'enfin ils allaient bientôt être accablés des poursuites de leurs créanciers.

— O ciel! que ne suis-je riche! Mais cette

femme dont me parlait Stella. Et elle rentra
près de cette dernière qu'elle trouva presque
assoupie.

— Stella! Stella! ô dis-moi, je t'en conjure!
la personne dont tu m'as parlé tout à l'heure,
est-elle libre?

— Oui, complètement maîtresse de ses
biens et de ses actions.

— Est-ce une personne qui puisse être
aimée?

— Elle l'a été et peut l'être encore.

— Elle aime le comte Tristani?

— Elle vient de faire quatre cents lieues
pour le rejoindre.

— Merci, Stella! merci. . . . . . .

. . . .

Le chevalier Torry, inquiet de Stella, errait
aux environs de l'endroit où il supposait qu'elle
avait dû venir, et sachant qu'elle avait cherché
un prétexte pour être introduite dans la cabine,

il attendait qu'elle en sortît pour apprendre
d'elle l'issue de cette demande et lui servir
d'aide et de protecteur. Sans perdre de vue
le côté par où il s'attendait à la voir revenir,
il marcha à travers la montagne jusqu'au
sommet d'un rocher qui s'élevait perpendicu-
lairement au-dessus d'un torrent grossi par
l'orage qui roulait avec impétuosité une onde
noirâtre et bouillonnante. Octave, assis sur
le roc, rêvait profondément, se sentant assoupir par le bruit monotone du torrent; il
releva subitement la tête, et vit la porte de la
chaumière s'ouvrir; une femme couverte d'un
voile noir en sortit et s'avança vers les rochers; il crut que Stella, le reconnaissant de
loin, voulait venir à lui, et il s'avança à sa
rencontre; mais cette femme dirigea sa marche
précipitée vers un sentier rocailleux qui conduisait au faîte de la montagne, et tandis
qu'Octave s'approchait pour la rejoindre, il la

vit tomber à genoux sur le bord du rocher,
lever les bras au ciel et s'élancer dans l'abîme!
Un cri d'horreur et d'épouvante échappe au
chevalier Torry qui se précipite vers le torrent, et parvient à saisir un lambeau des
vêtemens de la malheureuse femme que le
courant entraînait. Il redouble d'efforts, et
luttant dans l'onde, il saisit entre ses bras le
corps inanimé, en l'arrachant d'entre des
rocs qui l'avaient arrêté; il marche sur les
pierres glissantes, parvient à déposer son
fardeau sur le gazon. Alors, il y jette les yeux
en frémissant, et croyant voir Stella, reconnaît
les traits défigurés de Marie!... L'excès de la
douloureuse stupéfaction le glaça; il ne revint
à lui qu'en poussant des plaintes déchirantes
qui attirèrent des paysans près de ce lieu
d'horreur; on reconnut Marie, on s'empressa
de la reporter dans sa cabane. Octave, au
désespoir, ne voulut pas abandonner celle

17

qu'il avait tant regrettée et dont la fatalité ne
lui rendait que le cadavre. Il la déposa sur un
lit qui fut entouré par Marthe éplorée et par
la foule de villageois attirés par cette scène
de désolation. Tous les secours semblaient
infructueux, pourtant Marie n'était pas restée
assez long-temps sous l'eau pour être as-
phyxiée; mais les blessures qu'elle avait re-
çues en tombant étaient profondes, et le sang
qui en jaillissait abondamment était le seul
signe d'existence qu'on voyait en elle. Stella,
au bruit de ces vives clameurs, était accourue
et tombée dans de violentes convulsions;
le chevalier volait à son secours, lorsqu'on
frappa à la porte trois fois avec impatience.
« Si c'était lui, » s'écria Marthe en se précipi-
tant dehors. Elle se trouva vis-à-vis le
comte Tristani, qui recula en la voyant.
« Dans quel état vous êtes » ! s'écria-t-il; « où
est Marie » ? Marthe ne put parler, et lui tendit

un papier qu'elle avait reçu d'elle pour le lui remettre, une heure auparavant. Il le prit avec un tremblement convulsif et y lut ces mots :

« Adieu, mon bien-aimé, adieu pour tou-
» jours! Je te quitte en t'aimant plus que ja-
» mais. Cette séparation est la dernière preuve
» de dévouement que je te donnerai en échange
» de ton amour. Ne m'oublie pas! mais ne
» pense plus à me retrouver en ce monde!
» J'avais tout quitté pour toi, et je ne puis te
» quitter que pour Dieu! Profite, je t'en sup-
» plie, du sort brillant que t'offre une femme
» qui t'aime... Dis-lui, si tu veux, que tu m'as
» quittée pour elle : qu'au moins quelqu'un
» soit complètement heureux de mon sacri-
» fice! »

— Marie! Marie! s'écria le comte, où est-elle! Je veux la revoir, morte ou mourante; rendez-la moi!

17.

— Elle s'est échappée pendant que j'étais occupée près d'une malade ; mais on l'a retirée du torrent ; elle est ici.

Le comte Tristani enfonça la porte. L'aspect de Marie, pâle, sanglante, immobile, le terrifia. Ses cheveux se hérissèrent, une sueur froide humecta les traits altérés de son visage livide comme celui d'un mort.

— Elle vient de mourir, dirent à la fois tous les assistans.

— Non ! ô non, ce n'est pas possible ! ce n'est pas vrai ! Fût-elle morte, je la ressusciterai ; elle renaîtra pour moi !

Il se précipita sur ce corps inanimé, en l'étreignant avec l'énergie de la plus véhémente tendresse. Ses larmes brûlantes coulèrent sur les blessures de Marie, et le sang en jaillit aussitôt.

— Je savais bien, disait-il dans l'égarement d'un effrayant délire, je savais bien qu'elle ne pouvait mourir tout-à-fait tant que j'existais encore! O Marie! je veux te donner de ma propre vie!

On n'osait ni l'interrompre, ni l'approcher; la terreur et la consternation étaient au comble.

En serrant convulsivement ce froid cadavre entre ses bras, il avait une expression frappante et surnaturelle où le désespoir, l'amour, la rage, la confiance, formaient un mélange extraordinaire. C'était la volonté humaine opposant toutes ses forces aux lois de la nature; la vie luttant avec la mort. L'immuable détermination de ranimer ou de détruire à la fois deux existences confondues, élevait un mortel au delà des limites des facultés humaines; il semblait doué d'une puissance divine. Nul ne doutait du miracle que ce magnétisme allait opérer; on l'attendait avec un respect superstitieux.

— Marie! (s'écriait-il) il faut que tu vives ou que je meure! Mon âme rappelle la tienne! Je sens ton cœur s'échauffer sous mon cœur; ses mouvemens en règlent les palpitations! Mon souffle attiédit ton haleine glacée; mes larmes coulent avec ton sang! L'étreinte de mes bras te fait tressaillir; tes lèvres se meuvent à ma voix; mes regards entr'ouvrent tes paupières; tes soupirs répondent à mes cris! Ta main apressé la mienne!... Marie, tu m'aimes toujours! Marie, tu vis encore!

La résurrection était accomplie : Marie donnait quelques signes de vie; ses yeux ouverts étaient fixés sur ceux du comte Tristani. Elle murmura quelques mots d'une voix si faible, que lui seul entendit.

— Oh non! je ne vis pas : je suis trop heureuse! Ce n'est pas sur la terre que je pouvais l'être encore.

— Tu m'avais donc oublié, mon ange?

— Tu m'aimes! Oh oui! je le savais bien en mourant, et je l'ai senti après encore!

Et sa faible voix s'éteignit dans un déluge de pleurs. Alors ses deux mains serrèrent vivement celles qu'elles tenaient et qu'elles attirèrent sur sa bouche pâle et tremblante.

Il se pencha vers elle, qui semblait puiser dans ses yeux l'existence. Tout-à-coup elle jeta des regards effrayés autour d'elle; tous ces visages inconnus lui firent peur. Le médecin, qui venait d'entrer, ordonna de ne laisser dans la chambre que ceux dont les soins étaient utiles à la malade. Le comte Tristani et Marthe seuls restèrent.

Le chevalier Torry et Stella étaient dans la chambre voisine. Stella, prosternée contre terre, priait avec une délirante ferveur; lui, veillait à ses mouvemens et lui donnait consolation et secours.

Cependant les soins attentifs prodigués à

Marie eurent un entier succès qui combla de joie le comte Tristani et la bonne Marthe, dont la tendresse pour elle était celle d'une mère. Le médecin, voyant venir la nuit, se disposa à partir, malgré les instances du comte Tristani. Il affirma que l'état de Marie n'offrait plus de danger; que son évanouissement et sa faiblesse léthargique avaient été l'effet de trop de sang répandu; mais que les blessures n'étaient pas mortelles, et que le régime qu'il prescrivait la rétablirait promptement.

Le comte força Marthe à prendre un peu de repos, et se chargea de veiller seul sa bien-aimée Marie. Elle était d'une extrême faiblesse, mais avait toute sa connaissance. Il s'informa de Marthe quel était celui qui avait sauvé Marie; mais Marthe dit n'avoir pu reconnaître son libérateur parmi tous ceux qui étaient entrés et sortis depuis cet événement.

Enfin, Marie devint plus calme, et un tranquille sommeil lui ferma les yeux. Le comte Tristani éprouva la plus douloureuse sensation en la revoyant dans cette immobilité qui lui retraçait des momens si funestes ; mais il se rassurait en sentant une douce chaleur à la main que Marie avait laissée dans la sienne. Sa respiration était libre et égale ; une expression touchante de tendresse et de sérénité se peignait sur son visage endormi, lorsque soudain il y vit succéder l'expression de la plus atroce douleur. Elle fit un mouvement comme pour s'élancer, et retomba dans les bras du comte Tristani. Alors se dissipa ce hideux cauchemar.

— Mon ange, reconnais-moi ! dit-il. Pourquoi vouloir me quitter ?

— Laisse-moi, laisse-moi te fuir ! t'abandonner, c'est mourir ; mais je voudrais te rendre heureux, et je ne puis te donner que

de l'amour ! C'est de la fortune qu'il te faut ;
je le sais bien!

— O Marie! est-il possible que tu le penses?

— Eh bien! s'il est vrai que tu m'aimes;
s'il est vrai que tu ne veuilles pas empoison-
ner l'existence que tu m'as rendue, tu cesse-
ras de me voir, tu deviendras le mari d'une
femme riche, et, comme tu n'es pas capable
de perfidie et d'ingratitude, tu t'attacheras à
elle.

— Mais, Marie, c'est impossible ce que tu
demandes ! J'ai pu en aimer d'autres avant
toi ; mais, après avoir connu et possédé ton
amour, je ne puis plus aimer que toi sur la
terre. Marie, souviens-toi combien tu m'as
trouvé abattu et malheureux quand tu es venue à moi pour me vouer ton existence !
Non, vois-tu, Marie, les plaisirs, l'ambition, les richesses, tout cela est vain et

vide! Il n'y a de bien réel pour moi que ton amour !

— Je ne te verrai plus ; mais je te promets de vivre pour continuer à t'aimer. O mon ami! il faut nous séparer!

— Marie, tu es ingrate et cruelle ! Autrefois tu me rendais plus de justice en me jugeant d'après ton propre cœur. Dis-moi, quand tu m'as sacrifié ton rang, ta patrie, ta famille ; quand tu as bravé, pour être à moi, toutes les convenances sociales ; quand tu as embrassé l'obscurité d'une éternelle retraite où tu vins ensevelir ta jeunesse pour te consacrer à moi seul, as-tu donc pensé que j'accepterais tout ce que tu faisais pour moi si je ne m'étais senti capable d'un dévouement semblable ? Aurais-je su le comprendre si je n'avais été capable de l'imiter ? En te donnant à moi avec cet abandon désintéressé, tu m'as lié plus irrévocablement à toi que tu l'eusses fait par les liens les plus sacrés aux yeux du monde.

— Qu'allons-nous devenir, s'écria Marie, si tu te fais aimer à chaque instant davantage ! Tu m'ôtes tout mon courage ; je n'en ai plus pour te parler raison.

— Eh bien ! chère Marie, ne parlons plus que d'amour. Sais-tu que toute ta vie, remplie par notre tendresse, peut à peine suffire pour compenser le mal que nous venons de souffrir !

—Oh! pourquoi nous sommes-nous connus!

— Tu me désespères ! Mais tu ne te souviens donc plus de ce que j'étais avant de t'aimer ? Ayant éprouvé les plus amères déceptions, je me croyais désabusé, désillusionné sur l'amour ; mais j'étais méfiant et triste. En vain j'affectais la légèreté et l'insouciance, en vain je me plongeais en désespéré dans tous les plaisirs, en blasphémant

contre l'amour. J'étais malheureux; mais tu
m'as régénéré. En me faisant sentir le bonheur, tu m'as ramené à y croire! Non, tu ne
détruiras pas ton généreux ouvrage.

— Songe donc que tu touches à ta ruine!
L'illustration de ton nom rendra ta misère
encore plus affreuse : je n'oublie pas ta position.

— Mais qui donc a pu t'en instruire? qui
donc a pu t'inspirer la pensée de ce funeste
suicide? qui donc a pu abuser de ton exaltation, pour te porter à un sacrifice qui causait
notre perte mutuelle? Oh! qui que ce soit, je
l'abhorre et le maudis!...

Un gémissement sourd répondit à cette malédiction, et retentit au fond du cœur de
Marie. Elle remua les lèvres pour parler; mais
une nouvelle crise de douleur la tortura.

Il fut effrayé de l'état où il la voyait. L'é-

garement de ses yeux, l'incohérence des paroles qu'elle laissait échapper par intervalle,
étaient un nouveau sujet d'alarme. Le comte
Tristani passa plusieurs heures, spectateur
morne et silencieux de ce funeste délire, et
lorsqu'aux premiers rayons du jour, Marthe
accourue près de Marie et cherchant vainement à la calmer, s'écria, désespérée : « Dieu
puissant, elle est *folle* ! » il lui lança un regard terrible d'angoisse, et Marie fit un amer
éclat de rire...

Elle vivait, l'infortunée ! Sa santé lui revenait; mais non sa raison et sa connaissance...
Le cours de ses idées semblait rompu sans
retour, et des éclairs de déplorable gaîté,
succédant à des accès de désespoir, étaient
suivis de transports de fureur. Octave et
Stella épouvantés quittèrent furtivement la
cabane au point du jour, et lorsque le comte
Tristani fut aussi obligé de revenir à Naples

vers le soir, il pleura amèrement en quittant
ces lieux où il ne devait plus retrouver le
bonheur.

DÉNOUEMENT.

Un an après ces événemens, sur la porte de
la chaumière de Marthe, s'arrêtait un homme
qui appela plusieurs fois Marie.

— Elle ne viendra pas, M. le chevalier, dit
la paysanne ; elle est trop occupée du chapelet
que vous lui avez donné pour jouer hier.

— Pauvre fille! et comment a-t-elle passé
la journée ?

— Assez tranquillement, ô mon Dieu ! Vous
savez bien que sa folie n'est point dangereuse ;
je ne lui ai vu d'accès furieux qu'en la pré-

sence du comte Tristani, et comme elle ne le voit plus et que rien ne le lui rappelle, je n'ai vraiment pas de peine à la garder; elle a si bon cœur ! Quel dommage qu'elle ait perdu la tête !

— Elle a toujours été si exagérée, si romanesque ! Je l'ai connue il y a quelques années, c'était la jeune fille la plus douce et la plus attachante que j'eusse jamais rencontrée. Si cette passion fatale n'avait pas dès lors envahi son âme, elle aurait apprécié mes sentimens et nous aurions été tous deux heureux.

— Elle se faisait aimer de tout le monde, et même aujourd'hui, telle qu'elle est depuis son accident, on ne peut se détacher d'elle.

— Et pourtant son amant l'abandonne !

— Il a bien souffert, lui aussi ! il a été bien malheureux avant de prendre le parti de ne plus la revoir ! Mais les visites faisaient tant de

mal à Marie, et tant de peine à lui-même, que
le médecin les interdit absolument, dans l'intérêt de l'un et de l'autre. Oh! c'était à fendre
le cœur de voir combien elle souffrait en la
présence de celui qu'elle avait tant aimé! et
lui-même semblait perdre la raison, en voyant
qu'il n'était plus pour elle qu'un objet d'horreur!

— Oui, dit le chevalier avec amertume, il
était bien à plaindre! mais aux grands maux,
les grands remèdes! Je sais de ses nouvelles;
ne pleurez pas sur lui, ma bonne Marthe, et
conduisez-moi près d'elle.

— Nous la trouverons assise là-bas, sous
le berceau, près de la route de France; elle
y passe ses journées entières. Tenez, la voyez-
vous, si faible et si malade, comme elle regarde attentivement le chemin!

A travers les feuilles, le chevalier aperçut
Marie animée par une émotion puissante; elle

18

interrogeait d'un regard avide un groupe de villageois arrêtés à quelques pas d'elle.

— Quels sont, disait l'un d'eux, les voyageurs de cette chaise de poste ? C'est un vrai train de prince.

— Ne reconnaissez-vous pas l'un de nos grands seigneurs napolitains ? Il vient de faire un beau rêve ! Le comte Tristani épouse une riche et belle veuve qui l'emmène en France.

— Pour toujours ?

— Il renonce à notre patrie, il va se faire naturaliser Français, et un jour sera *duc et pair*.

La voiture venait de disparaître à l'horizon, Marie chancela et fut soutenue par le chevalier accouru près d'elle.

— Elle se meurt ! s'écria Marthe.

— Sans souffrir ! heureusement elle est folle !

— Pauvre Marie, elle le fut toujours! Il y eut de la folie dans son dévouement.

— Et du dévouement dans *ma folie*, dit doucement Marie, en lui serrant la main une dernière fois.

LES BONS PARENS.

Il y a parens et parens, comme il y avait au temps de Molière, *fagots et fagots*; mais ce n'est pas du tout de *fagots* qu'il doit être ici question : revenons à nos *moutons* (à nos parens).

Nous avons d'abord les parens riches, nous en avons tous ; il n'est si pauvre qui n'en possède, ce qui prouve que tous les riches se

souffrent des parens pauvres. Ils ne s'en inquiètent que très peu, il est vrai; ils les oublient et les renient au besoin et surtout *dans*
* le besoin,* ce qui ne prive pas ces nobles cœurs
de s'acquérir une réputation de grandeur et
de générosité. Ils jouent la comédie pour les
pauvres, donnent aux quêtes et fondent des
hôpitaux. Ainsi leurs bienfaits n'étant pas perdus pour tout le monde, nous ne devons pas
nous plaindre; aussi, pourquoi sommes-nous
obscurs? pourquoi les secours qu'on pourrait
nous offrir ne seraient-ils connus que de Dieu
et de nous-mêmes? Vouloir obtenir des bienfaits sans que l'ostentation y trouve son compte,
c'est absurde et maladroit.

D'ailleurs, quand je dis que les parens
ne font rien pour nous, je me trompe; ils
donnent beaucoup, beaucoup de *conseils,*
cela ne fait de plaisir qu'à ceux qui les donnent, et cela n'appauvrit personne; l'os-

tentation y entre bien aussi pour quelque
chose.

Ces conseils, du reste, nous pourrions tous
nous passer de les entendre, et les deviner en
pensant à l'intérêt que tel ou tel parent peut
avoir à nous faire prendre tel ou tel parti.

Êtes-vous dans une position délicate, avez-
vous reçu quelque offense grave ? Voyez venir
les conseils de famille. Les parens les plus
proches, et qui peuvent être compromis
par un éclat, vous conseilleront de tout sacrifier, dignité, repos ou argent, pour *assoupir
l'affaire*; mais si vous avez un parent littéra-
teur, poète, et qui ne porte pas le même nom
que vous, celui-là vous conseillera les coups
de tête, les violences, les scènes; enfin tout
ce qui pourrait être *dramatique* et lui fournir
un sujet de poème ou de tragédie. J'allais oublier (quelle erreur !), dans la catégorie des
bons parens, ceux qui, s'exagérant et nos dan-

gers et nos malheurs, nous précipitent, par leur
malencontreuse sévérité, dans toutes les ex-
trémités du désespoir. Ils nous disent perdus
sans ressources, lorsque notre salut dépen-
drait peut-être encore d'une main secourable
qu'ils pourraient nous tendre ; ils aiment mieux
faire leur *harangue*, que de nous tirer du
danger ; nous font assister vivans à nos propres funérailles, et par leurs maladroites
doléances, hâtent notre perte, comme par des
clameurs imprudentes on précipite ce réveil
si fatal aux somnambules.

— Mais où sont donc les *bons parens que
vous avez promis ?* me direz-vous, estimables
lecteurs. Ce ne sont pas ceux-là ; mais nous
y arrivons.

Il est des parens, il faut le dire, il en est un
bien petit nombre, et dans une famille *immense*,
à peine de ceux-là pourrais-je citer *un*, qui se
montrent, dans les momens de calamités, la

providence visible de leurs parens malheureux, et auprès desquels il suffit du lien de
parenté le plus éloigné, le plus indirect, pour
donner droit aux procédés les plus nobles, les
plus généreux, les plus délicats. A ceux-là, le
plus sincère hommage de reconnaissance! et
la critique que l'on fait des autres est encore
un éloge qu'on leur donne.

Il est encore de bons parens, d'un tout autre
genre : Ceux qui ont l'intention plus ou moins
évidente de vous exploiter, et qui, en conséquence, vous comblent de preuves d'affection,
de protestations de dévouement, qui vous protégent, parce qu'ils *aiment à protéger*, et
pourvu, bien entendu, que cette protection ne
leur coûte que des prodigalités de tendres
épithètes ; il y a bien quelques *extra* d'invita-
tions à des dîners et à des soirées, pour peu
que vous soyez mis à peu près convenablement
et que vous *meubliez* agréablement leur salon.

Alors, vous vous laissez prendre à ces
douces amorces ; vous donnez toute votre
confiance, vous parlez de vos projets, de votre
espoir, sans penser que vous *semez le vent
pour recueillir la tempête.*

Et heureux de vous croire aimé, vous ne
cherchez pas à approfondir le secret de ces
affections qui vous sont douces et chères!
Vous sauriez même fort mauvais gré à qui
viendrait vous prouver comment tel ou tel
intérêt guide ces chers parens! vous rejette-
riez bien loin de semblables insinuations !

Ce n'est qu'un beau jour, non, non! plutôt
un jour de malheur, que ces excellens parens
vous apparaissent enfin tels qu'ils sont : égoïs-
tes, perfides et souvent cruels.

Tant qu'ils comptaient sur vous ou sur
votre *bonne étoile*, ils vous soignaient, vous
choyaient, vous prônaient; un revers, une
déception les éloigne, et bien pis encore, les

fait tourner contre vous les armes que vous-même leur avez mises entre les mains.

Alors, tout ce que vous leur avez jamais pu dire est commenté et publié sous les couleurs les plus noires. Alors, vous qu'on a encensé et qu'on aurait perdu par l'orgueil, pour peu que vous eussiez été un ange, on vous dégrade, on vous méprise, on vous conteste votre beauté, votre esprit et parfois jusqu'à votre nom !

Et ce revirement soudain est, je le répète, l'œuvre de bien misérables turpitudes ou de bien pitoyables fragilités de notre pauvre nature humaine, quelque *dépit* de vieillard ; quelque *mécompte* de vieille femme !

Il est deux manières de nuire à l'usage des parens, et qui sont employées avec un égal succès. Les uns se déclarent ouvertement vos ennemis, vont fouiller dans votre passé pour en extraire chaque incident ; ils en dénaturent

chaque circonstance, puis composent des romans bien absurdes, mais auxquels, à l'aide
de *noms historiques*, ils donnent encore quelque
espèce de vraisemblance; ils vous accablent
des accusations les plus étranges et même les
plus contradictoires, et vous dépeignent tellement monstrueux en toute espèce d'excès,
tellement extravagant et extraordinaire, que
vous finissez par exciter cette espèce d'intérêt
qu'inspire tout genre de célébrité; d'autres,
bien autrement *perfides*, ne prennent pas ouvertement parti contre vous, vous donnent même
quelque excuse de ne plus vous voir; mais
vous accablent de cette méprisante pitié qui
fait plus de mal que la plus sanglante critique.
Ils lèvent les épaules en entendant prononcer
votre nom, ne parlent de vous qu'avec les
plus compromettantes restrictions, paraphra-
sent le *pauvre homme* de Tartufe sur le ton
le moins bienveillant; font entendre que

vos malheurs sont autant de maladresses, que
vos peines sont de votre faute, que vous ne
méritez pas mieux, que vous n'êtes bon à
rien, et mille autres choses aussi consolantes;
puis vient le chapitre des *bons conseils* que vous
n'avez pas voulu suivre (lesquels conseils on
n'eût jamais osé donner devant un tiers) et
dont on fait grand bruit lorsque vous n'êtes
plus là pour répondre et rétablir l'ordre des
faits. Et les parens tellement soucieux de
votre présent et de votre avenir, qu'ils en
oublient leur *passé*, et ceux qui, philan-
tropes chrétiens, donnent des témoignages
publics de protection et d'intérêt à des crimi-
nels qui sont coupables du *maximum* de délits
dont la plus légère apparence suffirait pour
nous faire condamner par eux sans miséricorde.

Mais, quelque mal qu'ils nous puissent
vouloir faire, nous n'en devons pas moins

demander à Dieu de le leur pardonner, *parce qu'ils ne savent ce qu'ils font.*

Ils ne se doutent pas que ce mal retombe sur eux, et qu'ils donnent encore plus mauvaise opinion d'eux-mêmes qu'ils ne le peuvent faire de nous.

Une intimité suivie et bien constatée engage à une sorte de *solidarité* mutuelle, qu'on ne peut rénier sans faire tort à son *jugement* ou à son *cœur*.

Avoir long-temps aimé et protégé quelqu'un, et le renier ensuite, c'est avouer de deux choses l'une : ou que l'on était trompé, et que l'on manquait absolument de *tact* et de *discernement ;* ou que l'on savait tout, et qu'on s'en arrangeait fort bien. Enfin l'on ne pouvait être que *dupe* ou *complice*, et ni l'un ni l'autre n'est ni bien honorable ni bien flatteur.

Mais le plaisir de faire du mal, le besoin de se venger d'une spéculation malheureuse ou d'un amour *contrarié*, l'emporte sur ces salutaires réflexions.

Et les calomniateurs vont toujours calomniant, sans comprendre à quel point ils tombent mal lorsqu'ils s'attaquent à quelque victime qui ne répond que ʰpar le plus superbe dédain, ou, mieux encore, qui riposte par des apologies et des éloges continuels de ses détracteurs. Il y a infiniment plus d'adresse qu'on ne pense à s'emparer ainsi du *beau rôle*.

Mais à ceux qui ne se sentiraient pas à la hauteur de cet héroïsme, quel conseil donner? quel contre-poison, quel antidote contre ces blessures envenimées? Il y a remède à tout, hors à la mort, hors à la haine des *parens ennemis*. Cependant il y aurait un moyen de les intimider, ce serait de vous montrer aussi

méchant qu'eux ; mais ce serait bien difficile !
impossible peut-être ? Eh ! bien alors, il ne
vous reste plus qu'un *parti* à prendre, qu'un
conseil à suivre, pour faire taire tous les mé-
chans, satisfaire à toutes les exigences, vous
rallier enfin tous les cœurs :

Soyez riche !

STELLA,

Le ciel resplendissait des chaudes et vives lueurs du soleil couchant, dont les derniers rayons semblaient se réfléter avec amour sur la nappe azurée du golfe napolitain.

Et le long des îlots qui flottent autour du rivage italien, comme une féerique ceinture de kiosques odorans, glissaient en silence plusieurs gondoles chargées de passagers.

19.

Légères nacelles au corsage effilé, aux blanches voiles, l'on eût dit autant de mouettes
abaissant dans l'onde leurs ailes fatiguées.

La modeste flottille portait à terre une
joyeuse troupe de villageois qui venait de consacrer gaîment, dans une île voisine, la fête
de quelque vieux patron. Au milieu d'eux se
tenait debout un jeune pêcheur dont le costume pittoresque s'harmonisait au mieux avec
la mâle accentuation de son visage. Il chantait,
et chacune de ses notes hardies vibrait doucement autour de lui; il livrait avec ravissement
aux échos lointains un de ces antiques chants
du Tasse, traditionnels sur ces rivages.

Debout, appuyée contre le mât qui sou-
tenait aussi la voile, une belle jeune fille
recueillait ces sons harmonieux qui, exhalés à
ses pieds, montaient vers elle, comme l'encens vers une idole.

Vêtue comme ses compagnes, elle semblait

être une reine déguisée ; sa beauté avait une imposante majesté due à la régularité de ses traits et de ses formes, et de ses grands yeux noirs s'échappait, en jets lumineux, une sorte de grâce fascinatrice.

Lorsqu'eut cessé le chant dont elle s'enivrait comme d'un poétique hommage, elle récompensa le pêcheur par l'un de ses plus doux sourires.

— Stella, dit-il transporté d'une fervente passion, ne me parlez plus ! ne me regardez plus ! ou permettez-moi de vous aimer !

— Je ne vous le permets ni ne vous le défends, mais je ne vous le conseille pas.

En ce moment la barque doublait la pointe d'un rocher, sur lequel s'élevait le château des seigneurs de Villa-Hermosa ; la jeune fille y éleva ses yeux humides et soupira.

— C'est donc vrai, s'écria avec angoisse le pêcheur ; ô dites-le moi pour que je le croie !

mais vous ne ferez pas une telle confidence !

— Roméo, dit-elle avec dignité, je n'ai rien à renier dans ma vie, rien à effacer dans mes souvenirs.

— Et vous avez aimé le comte de Villa-Hermosa ?

— Oui; mais c'est une confidence et non pas un *aveu !*

— Ah ! son insultant orgueil fut justifié par son bonheur !

— Son bonheur ! s'écria Stella avec tristesse ! il fut aimé sans être heureux !

— Stella, serait-il vrai? donnez-m'en votre main pour gage. Ah! s'écria-t-il en baisant cette main, je suis plus heureux que le comte !

— Roméo, vous êtes fou ; mais, au nom du ciel, comment avez-vous eu connaissance de l'amour du comte? Répondez, je l'exige.

— Vous le voulez, Stella ! Eh ! bien, sachez donc ce qui m'a procuré cette découverte. Avant son départ, le comte donna une fête à ses amis, dans cette même île que nous venons de quitter ; je conduisais, par hasard, une gondole du côté où stationnaient les leurs, et j'entendis une partie de leurs entretiens.

— Ils parlaient de moi ? dit Stella.

— Cela vous effraie ? demanda le jaloux Italien.

— Continuez ; que disaient-ils ?

— Ses amis le félicitaient de ses nombreuses conquêtes ; nulle femme, disaient-ils, ne pouvait lui résister.

— Vous vous trompez, répondit le comte, et celle qui m'aima le plus peut-être, fut la plus cruelle. Alors il vous dépeignit, et votre soupir en passant devant le palais a confirmé mes soupçons : Vous l'aimez encore !

— Oui, il est vrai, et rien ne peut me

plaire que ce qui m'offre quelque ressemblance avec lui.

— O ciel! s'écria Roméo avec désespoir; on m'a dit souvent que je lui ressemblais!...

— C'est pour cela que j'aime à vous voir, à vous entendre : vous me faites illusion.

—Cruelle! ô cruelle Stella! Vous me déchirez le cœur! vous jouissez de mon tourment!

— Mon pauvre Roméo, je vous ai offert mon amitié: je ne suis ni assez *coquette* ni assez égoïste pour désirer vous inspirer des sentimens qui vous rendent malheureux; je vous aime en amie.

— De l'amitié! en retour de mes sentimens! mais c'est une dérision!

— Non, reprit tranquillement Stella, et j'ai l'orgueil de croire que mon amitié vaut mieux que l'amour des autres femmes. Essayez-en toujours; vous ne savez pas ce que vous refusez, ajouta-t-elle avec un magique sourire.

—Syrène enchanteresse ! s'écria le pêcheur fasciné.

— A présent, chantez, Roméo, ou je ne vous écoute plus.

Roméo obéit ; sa voix mâle vibra avec une force que trahissait un reste d'émotion.

Ils débarquèrent bientôt sur le rivage, et Stella reprit, avec ses compagnes, le chemin des cabanes, non sans se retourner plusieurs fois pour voir la barque reculer lentement dans la lumineuse colonne que la lune prolongeait sur la mer.

— Stella, dit une des jeunes villageoises, je te félicite ; le lion est tout-à-fait apprivoisé.

—Je ne suis digne ni d'envie ni de félicitations.

— Comment donc, de tous les pêcheurs de la côte n'est-il pas le plus beau, le plus distingué ? Il vient d'hériter d'un fort bon patrimoine, il a une belle voix, un bon cœur et beaucoup d'amour.

— Il a surtout une certaine ressemblance…

— J'imagine qu'il ne se doute pas que c'est son plus grand mérite à tes yeux !

— Il le sait, je le lui ai dit.

— Quelle imprudence !

— C'est moins mal qu'un mensonge.

— Mais cela fait plus de tort, et tu sacrifies ton bonheur présent à un chimérique amour. Ce qui pourrait t'arriver de mieux, serait que le comte ne revînt jamais; le seul fait de sa présence ici suffirait peut-être pour te compromettre aux yeux de Roméo.

Et elles continuèrent leur chemin sans parler davantage.

— Stella était d'un naturel ardent et impérieux ; mais sans fortune et sans famille, n'ayant eu personne pour lui frayer le chemin de la vie, elle s'était senti le besoin de se faire protéger par l'affection de ceux qui l'entouraient ; le besoin d'être aimée, l'avait rendue aimable.

Elle savait qu'elle était belle; mais elle s'était habituée à considérer cet avantage comme un moyen accessoire pour plaire. Son esprit agissait avec autant d'activité que s'il n'eût pu compter sur le concours d'un si puissant auxiliaire. Telle qu'elle était enfin, brillante dans l'obscurité, coquette sans vanité, elle avait aimé un homme qui n'avait pu obtenir d'autre triomphe sur elle que l'aveu de cet amour, et qui lui conservait dans l'absence beaucoup d'estime et un peu de ressentiment. Quant au pêcheur Roméo, homme brave et loyal, vrai type du caractère italien, jaloux jusqu'à la férocité et passionné jusqu'à la démence, mais généreux et grand, il avait compris Stella; il sentait qu'en s'en remettant à sa merci, en se fiant à sa générosité, il en pouvait tout attendre, et il lui offrait son cœur, sa main et la rendait sans crainte l'arbitre de toute sa destinée. Stella, touchée de ce dévouement, y répondit par une si tendre affection, que bientôt Roméo se trouva fort heureux de ce sentiment qui ne différait de l'amour que par le nom seul, et dans toute la contrée on ne parlait d'eux qu'en les désignant comme *fiancés*.

Un soir, accompagnée de Roméo et de plusieurs de ses amies, Stella était à une de ces fêtes champêtres qui se perpétuent comme des traditions saintes parmi les races italiennes. Après avoir erré dans des sentiers bordés de haies vives, de rosiers en fleurs, ils arrivèrent devant une chapelle rustique, remplie par la foule qui s'y pressait pour l'office du soir. Les belles voix mâles des montagnards répondaient au chant sacré des prêtres, puis au son de la cloche le peuple assemblé dans la chapelle, sur la place et dans les bois d'alentour, se prosterna pour recevoir la bénédiction. Un prêtre sortit de l'église, un cierge à la main, et vint mettre lui-même le feu au bûcher dressé sur la place : aussitôt une vive lueur colora d'un rouge vif les murs blancs de l'église et dessina les arbres en teintes éclatantes sur l'azur violacé du ciel.

Quand les dernières flammes du bucher se furent effacées dans l'obscurité des bois, Roméo et Stella allèrent s'asseoir sous une tente magnifiquement illuminée , où se réunissaient les promeneurs. Stella, fatiguée de l'éclat des lumières, reportait ses regards vers l'entrée de la tente par laquelle on voyait une partie du paysage éclairé des rayons de la lune; soudain elle tressaille, étouffe un cri, et se croit le jouet d'une hallucination. Le comte de Villa-Hermosa venait de lui apparaître ; elle le voyait dans le lointain, au clair de la lune, qui lui donnait l'aspect d'un être surnaturel, d'une ombre revenant contempler de loin la terre des vivans.

Roméo ne l'aperçut pas.

L'apparition subite du comte, dans ce lieu solitaire, à cette heure avancée, au milieu de ces ténèbres qu'éveillaient par moment les dernières lueurs du feu près de s'éteindre, avait frappé Stella d'un indicible vertige. Elle n'avait plus la force de se débattre, pauvre jeune fille aimante et affaiblie dans son cœur, contre cette étreinte nouvelle qui venait l'assaillir. Aussi parut-elle rêveuse et abattue tout le reste de la soirée.

Dès le lendemain, le retour imprévu du jeune seigneur fut généralement connu ; Stella ne sortit pas de chez elle, mais le comte passa beaucoup plus de temps devant la chaumière de la villageoise que dans le palais de son noble aïeul.

Stella, heureuse de le voir, cherchait à l'éviter, et le soir même elle alla dans l'église se prosterner devant la Madone pour lui demander la paix du cœur. Sa prière fut longue et fervente. En se relevant, elle vit derrière elle Roméo debout, appuyé contre un pilier; elle frémit en passant près de lui; puis elle s'arrêta tout-à-coup. Le jeune homme venait de prononcer son nom.

— Stella, lui dit-il, les paroles que j'ai à vous faire entendre sont graves et solennelles; elles ne profaneront pas la sainteté des lieux où nous sommes. Il faut même que ce que nous allons dire soit sacré pour tous deux. Restons donc ici, Stella, et répondez avec franchise à de loyales questions.

— Vous me connaissez incapable de vous tromper, Roméo.

— Oui, ma Stella, et c'est parce que je te connais bien, que je t'ai choisie, que je te préfère entre toutes les femmes. Oui, j'aime en toi jusqu'à cette coquetterie dont on te fait un reproche, et qui n'est pas un tort à mes yeux, mais une conséquence naturelle de tes perfections; puis-je m'étonner que tu produises sur d'autres l'impression que je ressens si vivement moi-même. Si tous les hommes te regardent avec amour, si leur langage est fervent et passionné en s'adressant à toi, ce n'est pas ta faute. Que tu le veuilles ou non, il n'en peut être autrement, et cependant je souffre en te voyant recevoir les hommages qui te sont dus. Souvent je suis courroucé contre toi. Tu dois me craindre alors, je suis jaloux! Mais je veux bien que tous t'admirent, pourvu que moi seul ose t'aimer!

— O mon Roméo! dit-elle, attendrie, mon cœur vous apprécie et sent tout ce qu'il faudrait pour votre bonheur!

— Eh bien! dites-moi donc? Il est revenu... L'aimez-vous toujours?

— Toujours, dit-elle en baissant les yeux.

— Et vous serez à lui?

— Non, jamais!

— O chère ! Nos engagemens sont donc sacrés pour toi ! allons les renouveler devant
cet autel.

— Roméo ! Roméo ! ne comprenez-vous
donc pas tout l'empire d'un premier amour ?

— Que dites-vous, Stella ! vous refusez de
sanctifier nos sermens !...

— C'est que lorsque nous les avons faits,
ma position n'était pas ce qu'elle est aujour-
d'hui. Je ne l'avais pas revu, je ne croyais pas
ce retour possible. Je ne croyais pas au réveil
de cet amour !

— Oh ! que la malédiction de Dieu seconde
ma vengeance s'il est le seul obstacle à mon
bonheur !

— Roméo ! ne parlez pas de haine et de
vengeance ! Ce sont des paroles fatales. Vos
malédictions retomberaient sur votre tête !...

— Eh bien ! partons, partons ensemble.

—Partir ! oh ! non ! je pourrais le regretter !

— Roméo fit un mouvement de rage en s'éloignant, puis, se rapprochant d'elle, il lui dit en se modérant :

— N'ayez pas peur pour vous, Stella, je ne puis vous haïr ! mais lui !

Il sortit impétueusement de l'église.

.   .   .   .

Dès le lendemain, le comte renouvela ses tentatives pour parler à Stella ; mais elle se refusait à tout et le fuyait avec un soin scrupuleux qu'elle croyait devoir à Roméo.

Stella, comme toutes les jeunes Italiennes, avait une piété poussée jusqu'à la superstition. Dans l'extrémité où elle se trouvait, elle voulut consulter son confesseur ; elle se rendit seule à la montagne sur laquelle était bâti le couvent des moines de Saint-Barthélemy, et, tandis qu'elle gravissait lentement le sentier sinueux et sombre qui y conduisait, elle rencontra un vieux frère quêteur enveloppé de son capu-

chon, et dont la longue barbe tombait jusqu'à
sa ceinture.

En passant, il lui dit d'une voix cassée : —
Vous allez à confesse à Saint-Barthélemi,
jeune fille ?

— Oui, mon père, je vais me confesser au
frère Anselme.

— En ce cas, ne prenez pas la peine de
monter jusqu'au couvent, car je dois vous
avertir que les frères ont ordre de ne plus
confesser qu'au dehors dans la chapelle de
l'ermitage.

— Et j'y trouverais le frère Anselme ?

— Il y doit être ; mais je vais de ce côté,
suivez-moi, et si nous ne le trouvons pas à l'ermitage, j'irai le prévenir. Stella remercia le
bon frère et marcha sur ses traces.

Arrivés à la chapelle dont le frère ferma la
porte sur eux, Stella alla se mettre dans le
confessionnal. Mais, voyant qu'il n'y avait

20

personne, elle en fit l'observation à son guide.

— Frère Anselme n'y est pas, dit celui-ci; mais si vous avez besoin de confier vos peines, je suis ici, ma fille, pour vous entendre.

— Pardon, mais je tiendrais à ne parler qu'au frère Anselme.

— J'entends; vous êtes constante. Je vous approuve, ma fille. Eh bien! si vous tenez à vos anciennes connaissances, n'avez-vous rien à me dire? Et le frère, d'un seul mouvement, rejeta son capuchon et sa barbe. Stella reconnut le comte de Villa-Hermosa.

— Ma Stella, s'écria-t-il, tu es encore plus belle, plus enivrante que lorsque je commençai à t'adorer. Ange de mon bonheur! viens! viens à moi sans cette résistance qui te coûte autant d'efforts qu'elle me fait de mal! viens me dire que tu m'aimes! car tu m'aimes, ô ma Stella!

— Je vous aimais avant de vous revoir!

s'écria-t-elle en s'élançant sur les marches de l'autel, et entourant de ses bras la statue de la Madone. Le comte s'arrêta devant ce groupe virginal.

— Stella, dit-il avec véhémence, tu ne m'aimes plus depuis qu'un autre m'a remplacé dans ton cœur. Je sais tout... Mon vil rival est dénoncé à ma vengeance. Je sais que cette nuit, un manteau de pêcheur a été enfoncé avec un poignard dans la porte de mon palais(1). La haine est déclarée, la guerre est ouverte. Écoute mon serment, Stella ! c'est le dernier que je te fais : — Si tu es jamais la femme de ce pêcheur, je te jure, par la Madone que tu embrasses, je te jure la mort de celui que tu m'auras préféré.

— Vos menaces sont aussi méprisables que votre conduite. Je ne serai pas la femme de Roméo, ce n'est pas parce que je vous

(1) Historique.

crains, mais parce que j'ai pu vous aimer, je
me juge indigne de lui! Hier, à cette même
heure, j'ai fait devant l'autel un serment:
celui de n'être jamais ni à vous ni à lui.
Comte, je vous rends cette bague armoriée
que je reçus de vous autrefois. Je ne veux rien
avoir de vous qui ne devez rien attendre de moi.

—Stella, je saurai te forcer à être heureuse.

Elle poussa un cri, et la porte de la chapelle fut enfoncée aussitôt. Roméo se précipita
vers Stella. Elle ne put soutenir l'horreur de
ce fatal moment; à l'aspect de ces deux rivaux en présence, elle s'évanouit; et quand
elle reprit ses sens, elle était seule sur les
marches de l'autel. - . . . . . .

. . . .

Stella, revenue avec peine dans sa cabane,
y passa plusieurs heures sans sortir, n'osant
pas s'exposer à la rencontre du comte; mais,
désirant savoir l'issue de la scène de la cha-

pelle, elle pria l'une de ses amies d'aller à la maison de Roméo prendre des informations.

Roméo n'avait pas paru chez lui depuis la veille.

Et pendant plusieurs jours toutes les recherches furent vaines; aucun de ses amis ne l'avait vu, personne ne pouvait donner des nouvelles du pêcheur.

Le jeune comte Villa-Hermosa ne se montrait plus en public; mais on le savait enfermé dans le palais de son grand-père.

Roméo était aimé; tous ses compatriotes, tous les pêcheurs jurèrent de pénétrer le mystère de cette disparition. Stella fut souvent interrogée sur son sort; mais elle n'osa pas avouer où et comment elle l'avait vu pour la dernière fois.

Un matin, assise sur le bord de la mer avec ses compagnes occupées à faire des filets,

Stella regardait les barques voguer paisiblement, au son des ballades que chantaient les pêcheurs, et longer les jardins du palais de Villa-Hermosa.

Bientôt un enfant courut vers elle; et, se suspendant à son cou : Tiens, lui dit-il, vois la belle chose que je viens de trouver.

— Où as-tu trouvé cette bague ! demandèrent à la fois toutes les femmes.

— Là-bas, dans ce tas de galets.

On y courut avec empressement ; mais bientôt des cris d'horreur et d'épouvante retentirent sur la grève ; les pierres étaient rougies de sang, et sous le monceau de galets désigné par l'enfant, on trouva le corps d'un pêcheur assassiné.

Soudain, le nom de Roméo vibre dans tous les cœurs, ébranle les échos, et celui du comte se mêle à ces cris, qui deviennent des clameurs de vengeance. La bague ensanglantée portait ses armes et sa couronne.

Tous les pêcheurs s'assemblèrent, demandant justice au gouverneur.

L'accusation était catégorique, les preuves irrécusables, et justice ne tarda pas à se faire. Bientôt le comte Villa-Hermosa, accusé et convaincu, fut condamné à subir l'ignoble supplice des assassins.

Stella, triste et malade, était seule dans sa cabane, lorsqu'un vieux serviteur du comte s'introduisit près d'elle et lui remit un billet. Elle n'y lut que ces mots :

« Vous savez tout. — Je suis prisonnier et condamné à mort. O vous qui causez ma perte, me refuserez-vous encore un dernier adieu ? J'ai d'importantes révélations à vous faire, j'ai votre pardon à obtenir, et je n'ai plus que quelques heures à vivre ! »

Le vieillard ajouta :

— Si vous voulez venir voir mon pauvre maître, suivez-moi sous le déguisement que je vous apporte, je vous ferai pénétrer dans sa prison.

Stella n'hésita pas; elle revêtit un manteau de bure, et suivit le messager.

Introduite dans les cachots de la forteresse, elle se sentit glacée d'horreur et de pitié à l'aspect du jeune comte, pâle et à peine reconnaissable.

— O Stella! lui dit-il, vous êtes mon bon ange! écoutez-moi sans crainte! Stella, me pardonnez-vous?

— Que Dieu vous pardonne comme moi, Monseigneur! s'écria-t-elle; que le sang de Roméo cesse de crier vengeance, quand ma voix demande miséricorde!

— Ma Stella, la justice humaine a fixé ce jour pour le dernier de ma vie; mais j'ai confiance en l'avenir! Mon étoile luit encore.

Ecoute-moi et partage mes espérances et ma destinée !

Tu sais que c'est une coutume de nos états de soumettre tout jugement criminel à la sanction du roi, avant son exécution. Le roi m'aime et me protége, et quand mon arrêt de mort lui fut envoyé, il fit conseiller à mon grand-père de demander ma grâce ; il veut me sauver. Tu le vois, une chance de salut m'est offerte ; mais cette existence, je n'en veux qu'avec ton amour ! Consens à me suivre où je dois aller vivre.

— Moi ! s'écria Stella ; dans votre malheur, je n'ai pas su résister à votre appel ; mais vous suivre ! comte, je vous le dis : ainsi que votre souvenir s'interposait entre mon fiancé et moi, ainsi l'ombre de Roméo s'élève entre nous ! Oh ! laissez-moi vous fuir ! Je vous vois couvert de son sang !

Et la malheureuse jeune fille tomba à genoux.

Le comte la relevait dans ses bras trem-
blans, lorsque la porte s'ouvrit, et son aïeul
apparut sur le seuil. Le noble vieillard s'a-
vança lentement, et d'une voix émue et solennelle :

— Le sang veut du sang ! s'écria-t-il ; le
roi m'a fait dire de demander la grâce d'un
meurtrier ; *le vieil Espagnol a répondu au
roi qu'entre la justice et son petit-fils, il choi--
sissait la justice* (1).

Sa voix s'éteignit dans les larmes. Les
gardes se saisirent du noble criminel. Il ne
resta dans la prison que le vieillard et la jeune
fille.

Stella pleurait, prosternée et dolente.

— Noble et vertueuse fille, dit le vieux comte

(1) Historique.

en la relevant, tu fus plus digne que lui d'appartenir à une haute race. Viens donc avec moi dans ce palais dont il a flétri le blason; viens, enfant, un vieillard te demande de l'accepter pour père : qu'il ait encore une main pour lui fermer les yeux, une voix amie pour prier sur sa tombe.

Repentir et Misantropie.

Quelle est la chose dont on a le plus à se repentir ? qui nous nuit plus que nos plus grands
ennemis, qui nous fait perdre successivement tous nos liens d'affection, qui autorise
tout le monde à nous manquer d'égards, qui
fait prendre à nos amis le parti de nos adver-
saires, lors même qu'ils seraient intimement
convaincus que nous avons parfaitement raison ; qui nous rend la dupe, le plastron, le

jouet de nos semblables, qui est un plus grand
tort qu'un vice, qui est pis encore qu'un ridicule ? C'est... je vais le dire, n'osant abuser
davantage de la suspension à la *Sévigné* envers des lecteurs qui n'auraient pas une patience à la *Grignan*.

— Eh bien! c'est... et *je ne dis rien que je
n'appuie...* c'est *trop de bonté!*

J'en appelle à tous les gens trop bons.

Consultons *les victimes :*

— Soyez bon, si c'est pour votre plaisir,
pour votre satisfaction particulière, si un sentiment religieux surtout vous en fait un devoir. Mais alors, sachez bien qu'aussitôt que
vous serez connu pour tel, vos ennemis au-
ront en tout point gain de cause contre vous,
vos meilleurs amis s'uniront à eux, s'éloigne-
ront de vous, et vous en donneront ces affectueuses excuses :

« Vous avez complètement raison; votre

» cause est juste, nous vous estimons, et
» vous regrettons sincèrement. — *Mais* tels et
» tels étant *peu bienveillans*, ne nous pardon-
» neraient pas de prendre votre parti. »

Sachez encore que vous serez entouré nuit
et jour de piéges tendus à votre crédulité, d'ap-
pels faits à sa générosité. — Vous procurerez
à vos amis d'agréables connaissances, avec lesquelles ils s'entendront un jour pour vous prêter
mille défauts, vous improviser mille ridicules;
vous prêterez de l'argent, qui deviendra un
excellent prétexte de rupture plus ou moins
scandaleuse. On vous accusera d'avoir rendu
service par *ostentation* pour vous en vanter
par la suite, et l'on se brouillera avec vous
pour vous en *punir*. — D'autres seront plus
discrets; dès l'instant que vous leur aurez
rendu ce genre de service, vous n'entendrez
jamais parler d'eux.

Mais en compensation, vous saurez que

lorsqu'on parle de vous on emploie cette touchante tournure de phrase : Ce bon Monsieur
D***, cette pauvre Madame N*** ! ils sont si
heureux de faire du bien ! Aussi vous procu-
rera-t-on infiniment d'occasions de bonheur !
Si vous avez quelque crédit on vous l'*usera*
jusqu'à la corde, à force de vous faire demander aux mêmes personnages les mêmes
choses pour toutes sortes d'individus; vos
recommandations acquerront une banalité,
vos démarches une *non-valeur*, tout au plus
commode quand vous aurez à obtenir quelque
chose pour vous-même.

Soyez grand et généreux! et chaque jour
de l'année sera pour vous comme le fameux
jour de l'an; vous serez assiégé de toutes es-
pèces de personnes à pétitions et à souscrip-
tions, vous aurez l'air de lésiner avec ceux
pour qui vous ferez peu dans un moment de
gêne, vous semblerez *voler* ceux pour qui

vous ne pourrez rien faire; vous aurez un
encombrement de billets à placer pour des
loteries et des concerts; les jeunes litté-
rateurs vous *confieront* leurs premiers essais ;
les élèves du Conservatoire *débuteront* dans
votre salon, et de petits prodiges de cinq et six
ans feront, en dansant chez vous, *leurs premiers pas dans le monde.*

Votre temps ne vous appartiendra jamais ;
vous ne pourrez prendre aucun engagement
que sous le bon plaisir de toutes vos connaissances, qui se croiront toutes en droit de
faire manquer vos affaires, au profit de leur
agrément particulier. Vous ne posséderez plus
rien, rien au monde ! pas même le coin de
votre feu, pas même votre *Voltaire* ou votre
ganache ! Vos amis s impatroniseront chez
vous. Ayez seulement l'*imprudence* d'offrir
l'hospitalité à l'un d'entre eux pour quelques
jours, votre maison deviendra l'arche de Noé ;

21

on y viendra de toute part, on y invitera les amis de ses amis, des gens qui vous seront parfaitement inconnus, et bientôt vous vous trouverez le seul étranger dans cette nouvelle colonie. On se demandera quel est cet individu qui ne connaît personne de la société, et chez vous, enfin, vous semblerez de trop à tout le monde.

Les domestiques feront votre éloge après votre mort, mais de votre vivant vous serviront de leur plus mal; toujours sous le prétexte de votre bonté, vous serez mal servi, mal couché, mal obéi, et s'il se casse quelque chose dans la maison, on s'écriera : Ah! ce n'est que la tasse de Monsieur; je tremblais que ce fût celle de la cuisinière!

Vos fournisseurs vous fourniront tous objets de rebut, et pour même cause, ils vous enverront de l'ouvrage à moitié fait, bien certains que vous seriez plutôt capable d'y travailler vous-même, que de faire la plus légère observation.

Les objets de vos plus chères affections vous *apprécieront* au fond de l'âme, mais vous sacrifieront, sans balancer, à tout autre objet plus exigeant et plus tyrannique. Vous aurez à subir des humiliations qui serviront au triom- phe de vos rivaux qu'on n'aime pas mieux, mais qu'on craint davantage. Oui, vous que l'on connaît doux et dévoué de cœur, vous serez *renié* mille fois, parce que l'on saura bien n'avoir tout au plus à craindre pour vengeance que le douloureux regard du Christ à saint Pierre !

Et vous pourriez vous venger ! d'un seul mot confondre qui vous outrage, perdre qui vous trahit. Ce mot sauverait votre di- gnité... Vous ne le direz pas, par trop de bonté toujours, et les apparences resteront contre vous. Vous gardez le malheur, et acceptez le ridicule pour le repos de vos ennemis.

Femmes trop bonnes, vous serez doublement *soumises*, et si soumises, qu'on vous privera, sans scrupule aucun et sans l'ombre de ménagement, de toute distraction, de tout plaisir. Vous verrez vos sœurs, vos amis, se parer pour *le bal où vous n'irez pas*, tandis que votre tyran, bien sûr de votre soumission, vous laissera seule au foyer domestique vous béatifier dans la sublimité de vos héroïques sacrifices.

Aussi, ai-je entendu dire à l'une de ces victimes de leur *trop de bonté*, qu'elle allait se relever de là et se réhabiliter, en devenant aussi méchante que possible ! Il faut être juste, cette noble résolution a déjà eu *commencement* d'exécution, et si cette prétention à la méchanceté m'a d'abord fait rire, j'avoue que je commence à m'effrayer un peu *du réveil du lion*.

LE BOUTON DE ROSE.

Parmi les auditeurs de l'un de ces concerts où l'on va pour tuer le temps, sous prétexte d'entendre de la musique qu'on se garderait bien d'écouter, était un jeune officier qui, à la scintillante lumière des lustres, rêvait soleil et printemps, grâce à un frais bouton de rose tombé d'une blanche main dans la sienne.

Etait-ce là tout ce qu'il avait obtenu? L'histoire n'en dit rien. — Etait-ce le souvenir ou l'espérance qui se mêlait à ce suave parfum pour enivrer notre héros? N'importe! avant de connaître ses secrets, il faut au moins savoir son nom. — Or, ce jeune *lion* était Arthur de Neubourg, depuis six mois à Paris, où il dépensait libéralement sa fortune et sa jeunesse.

Il fut tiré de sa voluptueuse rêverie par le son d'une voix timide et suppliante, d'une voix de femme qui disait:

— Monsieur, j'ai une grâce à vous demander.

C'était une femme de ce *certain âge* si peu avoué : une simplicité extrême était la seule chose remarquable en elle.

—Parlez sans crainte, Madame, que voulezvous?

— Me donneriez-vous ce beau bouton de rose!

— C'est un vrai sacrifice que vous deman-

dez-là, dit Arthur en souriant avec un peu de
fatuité peut-être ; —mais s'il vous fait tant de
plaisir.....

—Merci ! vous êtes bon, cela m'enhardit et
m'encourage ; oui, j'oserai vous demander de
vouloir bien me reconduire chez moi. Ah ! fit-
elle d'un ton de dignité offensée, de la pitié,
mais pas de mépris ! Je suis si malheureuse.

Son émotion lui coupa la parole.

Arthur regarda sa montre.

—J'ai une demi-heure à moi, cela vous
suffit-il ?

—Oui ! suivez-moi, je passe la première
pour *la* préparer à vous voir.

Elle l'introduisit peu de momens après dans
une assez belle maison. Arrivés au troisième
étage, elle le pria d'attendre dans une anticham-
bre, et revint un instant après lui ouvrir la
porte d'un appartement dont l'ameublement
annonçait une aisance qui ressemblait au luxe.

Là, Arthur reconnut son bouton de rose entre les mains d'une jeune fille aussi fraîche, aussi belle que la fleur dont elle aspirait avec délice la douce odeur. Sa beauté avait un éclat saisissant, dont Arthur ressentit toute l'influence; enfin, rompant ce charme fascinateur, il interrogea la mère du regard.

—Voilà, dit-elle, la personne pour laquelle je vous ai amené ici!

—Parlez donc, mademoiselle, dit Arthur, que puis-je pour votre service?

Elle ne répondit pas, et continua à respirer avec une joie naïve la délicieuse odeur de la belle rose.

—Mesdames, dit Arthur stupéfait, je commence à croire que vous voulez vous amuser à mes dépens, et m'intriguer sans masques; je trouve que cette plaisanterie s'est assez prolongée...

En achevant ces mots, il voulut se retirer,

mais la jeune fille, qui n'avait pas encore parlé, fit un mouvement convulsif, et debout, les yeux enflammés, la contenance fière et impérieuse, elle lui fit signe de rester.

La mère se jeta en pleurant aux genoux d'Arthur :

— Ce moment vous apprend ce que je n'osais dire, s'écria-t-elle ! Le fatal secret vous est enfin connu ! ma pauvre fille, vous le voyez !... elle est folle !

Arthur frissonna.

La jeune fille, absorbée par la rose et l'aspect d'Arthur, semblait ne pas comprendre sa mère.

—Oui ! elle est folle ! et c'est vous qui en êtes la cause involontaire. — Elle vous a vu souvent... vous ne l'avez jamais remarquée, tout occupé que vous étiez de la personne chez laquelle ma pauvre fille vous rencontra tout un hiver. Elle ne vit que vous au milieu de la foule. Vous ne regardiez que la femme frivole dont la vanité jouissait de vos hommages, en proportion de la jalousie qu'ils pouvaient inspirer, et qui prenait plaisir à exalter sa froide imagination, en déchirant le cœur de ma fille, par le récit de vos assiduités et de vos soins.

— Trop douloureusement frappée par ces funestes confidences, sa tête se troubla comme son cœur. De toutes ses facultés, elle ne conserva que celle d'aimer. — J'ai d'abord ignoré son mal, j'aurais voulu pouvoir en douter toujours. — Monsieur ! comprenez-vous ce que c'est que le dévouement d'une mère ! Eh bien ! si vous savez comprendre cet immense, cet égoïste amour, vous concevrez peut-être que rien ne put me paraître impossible pour sauver ma fille ! Après avoir éprouvé l'insuffisance de tous les soins, de tous les secours, j'immolai toute dignité, tout scrupule, pour recourir au seul remède efficace ! Votre pré-

sence avait fait le mal, c'était votre présence
qui seule pouvait le réparer ! Oh ! combien il
m'en a coûté pour vaincre mes répugnances,
cette réserve, cette délicatesse que l'instinct
naturel et les habitudes de toute une vie m'a-
vaient rendues inhérentes ! Je les surmontai
par amour maternel, et je me suis vouée dès
lors à la plus étrange mission qu'ait jamais pu
remplir une mère ! Je vous ai cherché! je vous
ai suivi ; je savais bien devoir vous rencontrer,
et je n'ai osé vous demander d'abord que ce
bouton de rose.

— Je ne comprends rien à tout ceci, dit
Arthur, et ne puis guère y voir qu'une mys-
tification !

— Ah ! dit la mère avec véhémence, quel
déplorable rôle aurais-je donc choisi ? Quoi !
vous supposeriez qu'il y ait au monde un autre intérêt que celui de la vie de son enfant,
pour porter une mère à de telles démarches ?

mais j'aurais préféré mille fois me jeter au
feu pour elle ! sacrifier toute dignité, perdre
ma propre estime ! Ah! il faut que la vie de
ma fille en soit le prix !

Arthur, muet, immobile, se sentait fasciné
par ces deux femmes. La beauté enchanteresse
de la jeune folle, les énergiques paroles de l'a-
mour maternel en délire, lui faisaient éprouver des impressions magnétiques dont il ne
pouvait se rendre compte.

— Ne nous craignez pas ! dit la mère, mais
aimez-la, ou du moins qu'elle le croie ; qu'elle
vous voie et vous entende, cela suffira pour
lui rendre un calme que nous mettrons à profit pour la ramener à la raison.

— Madame, dit Arthur ébranlé, et se dé-
fiant peut-être plus encore de lui-même que
d'elle, la demi-heure est écoulée, on m'attend
chez moi, il faut que je parte.

Et il jeta un regard de douce pitié sur la

folle, qui s'élança entre lui et la porte.

— Je reviendrai, je reviendrai bientôt, dit-il en s'esquivant, tandis que des sons plaintifs remplissaient l'appartement qu'il venait de quitter.

Il se promit de ne parler à personne de cette bizarre aventure; déjà même il l'avait en partie oubliée, lorsqu'à huit jours d'intervalle, il fut encore abordé par la même femme dont la profonde tristesse le frappa sans le surprendre.

— Vous ne reviendrez pas, dit-elle, et ma fille mourra! et je mourrai aussi avec elle! Oh! personne ne survivra pour vous faire des reproches.

— Madame, je dois vous avouer l'extrême perplexité où je suis : j'ai des sentimens qui ne me permettent ni d'être votre dupe, ni de vous tromper. Ma probité, mon honneur, m'obligent à vous déclarer que si j'évite la vue de votre fille, c'est parce qu'elle m'a fait une impression assez vive pour que j'en redoute les suites; je pourrais l'aimer, et cette passion serait fatale à tous deux; je tiens à remplir les vues de ma famille, et je dois faire un mariage de son choix.

— Ah ! s'écria la mère avec désespoir, ce que je vous demande pour elle, si naïve et si pure dans sa funeste exaltation, ce n'est qu'une illusion du cœur, qu'un aliment à son imagination trop ardente. Si vous l'aviez vue vous regretter, vous attendre avec calme et confiance pendant quelques heures ! si vous la voyiez à présent dans un désespoir morne et déchirant, qui me navre le cœur, vous en auriez pitié !

— Elle souffre donc réellement ? dit Arthur. Je vous suis, alors, advienne que pourra !

Quand la jeune fille vit entrer le bien-aimé qu'elle attendait sans l'espérer, sa physionomie s'illumina d'un vif rayon de bonheur. Ses yeux hagards se fixèrent avec une douceur angélique sur Arthur, et elle jeta avec une grâce enfantine le bouton de rose fané.

— Il me portait malheur, s'écria-t-elle, il m'empêchait de vous voir.

— Mon Dieu ! dit la mère, voilà depuis huit jours les premiers mots qu'elle a dits, sans pleurer.

Arthur, à l'aspect de cette charmante folle, oubliait toutes ses appréhensions ; il jouissait de l'effet salutaire qu'il produisait sur elle. Après quelques discours, d'abord incohérens, la jeune fille redevint calme ; ses idées eurent une lucidité qui pouvait donner quelque illusion sur l'état de son esprit. Ses paroles étaient naïves, douces et affectueuses, empreintes d'une sorte d'originalité qui leur donnait un

charme piquant et neuf. Arthur éprouvait
pour elle un intérêt qui s'accroissait de momens en momens. Cette simple et malheureuse enfant avait autant de réserve dans les
manières que d'abandon dans les sentimens,
et cette sorte de sauvagerie instinctive repous-
sait en attirant. L'imagination dominait en
elle toutes les autres facultés, et l'extase in-
tellectuelle était une des plus puissantes sensations qu'elle pût éprouver. Arthur comprit
dès lors que sa propre générosité ne serait
pas l'unique sauve-garde de cette jeune
fille.

— Arthur, disait-elle, les mains croisées,
dans une attitude fervente; Arthur! vous ne
savez pas? j'aime bien ma mère, mais elle
n'est près de moi qu'en votre absence; et,
quand vous êtes là, je ne la vois plus; au lieu
que je vous vois toujours quand vous n'êtes
plus là! On m'a dit qu'il fallait prier Dieu;

eh ! bien, j'ai demandé à Dieu la permission
de vous adorer à sa place.

Ce langage mystique et exalté alarmait Arthur ; vainement il voulut l'amener à des
idées plus terrestres ; elle répondit : — Arthur,
laissez-moi ! quand vous touchez ma main,
cela me brûle et me fait mal ; il me semble
que je ne vous vois plus ; laissez-moi ! vous
m'empêchez de penser à vous.

Arthur la regardait avec un sentiment indé-
finissable de pitié, d'admiration, de tendre
sollicitude. Elle lui sourit ingénuement, et
s'asseyant près du jeune homme qui la laissa
faire comme un oiseau qu'on craint d'effa-
roucher, elle lui parla avec calme ; la sérénité
peinte sur cette céleste et fraîche figure lui
donnait l'air d'un ange. Ce fut le tour d'Arthur de ne plus se croire sur la terre... —
Cette divine enfant lui dévoilait avec candeur
les replis de son âme innocente et pure ; elle

22.

lui disait la première impression qu'elle avait
reçue en le voyant. C'était l'ère de ses souvenirs. Elle croyait n'avoir commencé à vivre
que depuis qu'elle avait commencé à aimer et
à souffrir. Enfin, sa mère profita de ce moment de trêve à son mal pour lui parler raison
et obtenir d'elle quelques concessions relatives
à sa guérison. Elle promit tout ce qui lui fut
prescrit par Arthur, qui la quitta en lui jurant
de revenir si elle était docile à sa mère.

Arthur avait bon cœur; il s'intéressait à
cette étrange bonne œuvre; et puis il faut
convenir que, pour un jeune homme, blasé
sur bien des sensations, désenchanté de bien
des sentimens, il y avait là quelque chose de
frappant et d'extraordinaire qui pouvait l'attacher. Il se dévoua donc à aller faire assi-
duement ses visites comme médecin. Mais le
seul salaire qu'il en retirât était les actions
de grâce de la mère reconnaissante, car la

jeune fille, recouvrant chaque jour un degré
de raison, devenait à la fois plus tendre et
plus timide, et Arthur ressentit réellement ce
respect qu'il s'était promis de témoigner.

La mère voulait que l'ascendant d'Arthur
sur sa fille servît à sa guérison, et elle ne per-
dait pas de vue ce but un seul instant. Si elle
la voyait parler sensément, elle lui disait : —
Chère Ida, tu feras ce que je te demande, si
tu ne veux pas lui faire de la peine. — Et Ida,
douce et soumise, promettait, en embrassant
sa mère, de faire tout ce que voudrait Arthur.
Et la mère, en reconduisant Arthur, lui disait
avec effusion : — Vos visites charitables seront récompensées un jour par Dieu ! Je le
prierai tant pour vous avec ma fille, quand
elle sera tout-à-fait guérie !

Mais Arthur pensait, en s'en allant :

— Inconcevable et égoïste femme ! Quand
sa fille sera rétablie, elle n'aura plus pour

moi que des prières, tandis que je me dévoue...,
que je me mets en grand danger d'aimer...

Il arriva une fois plus tard que de coutume,
près d'Ida qu'il trouva seule, rêveuse, mais
tout-à-fait calme. Elle le reçut avec un bonheur contenu, une tendresse réservée qui
annonçaient des prémices de raison dont Arthur, étrange bizarrerie du cœur, fut presque
mécontent : il sentit que son rôle touchait au
dénoûment, et c'était au moment où l'intérêt
était le plus vif. Un égoïsme barbare lui ins-
pira des paroles passionnées, et des transports
d'amour dont l'effet fut prompt et imprévu.
Les idées d'Ida en devinrent plus claires et
plus justes. — La femme reprit le dessus sur
l'ange ; elle sentit la crise sans chercher à l'é-
viter, voyant qu'elle avait tout à craindre, elle
craignit par dessus tout de ne plus le revoir ;
elle n'était ni aveuglée, ni enivrée, mais dévouée et soumise. — Cette abnégation, cet

abandon volontaire, pénétrèrent l'âme d'Arthur. Sa loyale délicatesse s'alarma pour cette pauvre fille qui lui avait été donnée en proie, et dont il rougit de faire sa victime ; il s'arracha brusquement d'auprès d'Ida surprise, mais non irritée. Pour la première fois, elle ne le retint pas ; toutefois sa physionomie inquiète réfléta une expression si touchante, qu'Arthur, par une réaction de nobles sentimens, fut heureux de lui voir cette lueur de raison qui l'éclairait sur leur position et lui faisait apprécier sa conduite.

Mais la peine avec laquelle il la quitta, lui fit connaître enfin son propre cœur. — Ce que j'ai fait a été superbe, se dit-il, je m'en glorifie en moi-même, mais je n'oserais l'avouer à personne ; je crois vraiment ne lui avoir rendu la raison qu'aux dépens de la mienne.

. . . .

Par une mélancolique journée d'automne,

Arthur, de retour à Paris après une absence de deux ans, donnait le bras à une jeune femme fort élégante et peu jolie, blasée sur les plaisirs de Paris et fatiguée du bal de la veille.

— Que faire de nouveau aujourd'hui ? disait· elle languissamment à Arthur. Où me mènerez-vous ?

— Aux Tuileries, au bois de Boulogne ?

— Oh! c'est insipide, ennuyeux! toujours du monde, des toilettes, des voitures! Pourquoi n'irions-nous pas au Père-Lachaise, cela du moins ferait diversion.

— Comme vous voudrez, on s'ennuie partout !

Arrivés au célèbre cimetière, ils examinèrent avec assez d'intérêt, d'abord cet Élysée où surgissent à chaque pas tant de souvenirs évoqués par des noms puissans. Le tombeau d'Héloïse et d'Abeilard frappa la jeune femme, comme *objet d'art*, comme *étude*.

— Eh! bien, on se lasse de tout! dit-elle. Voyez, il y a encore ici de la monotonie ! Mais voilà de bien superbes fleurs !

Arthur jeta des yeux distraits sur les touffes de roses qui s'élevaient à leurs pieds, et découvrit une pierre toute blanche sur laquelle on lisait un seul nom : IDA, et au-dessous trois mots : VERTU ET AMOUR.

— Ce rosier vous a piqué ? demanda sa compagne.

— Oui, je me suis fait mal !

— L'emphase de toutes ces épitaphes me déplaît, continua la noble dame, mais j'aime le parfum de ces roses, j'aime cette pierre blanche et cette inscription si courte et si mélancolique ; c'est la tombe d'une jeune fille, sans doute ?...

— Et peut-être, murmura Arthur en étouffant un soupir, il y a tout un roman derrière ces trois mots : VERTU ET AMOUR !

Dernier Jour en ce monde.

Que dis-je? Le mourant me console lui-même
De ce monde si vain qu'avant lui j'ai quitté.
(GUIRAUD.)

———————

Oui, les voilà tous deux sur les confins du monde !
L'un, vieillard affaibli par le mal et les ans;
Et l'autre, jeune fille à peine en son printemps:
L'un, pâle, agonisant, et l'autre, rose et blonde.

Oui, tous deux vont, hélas ! exciter des regrets :
Leur famille, demain, pleurera leur absence.
L'un va quitter la vie, en proie à la souffrance,
L'autre veut fuir le monde et ses trompeurs attraits.

Tous deux vont obéir à Dieu qui les appelle ,
Mais l'un en gémissant et l'autre en souriant.
Et ce n'est désormais qu'en la vie éternelle,
Qu'ils fondent leur espoir d'un bonheur plus constant.

Lui, débile vieillard, que la douleur torture,
Va payer son tribut en ces momens amers ;
Il va subir la loi de toute la nature :
Tel, le fleuve orgueilleux se mêle aux flots des mers !...

Elle, offre au Créateur, sa vie en sa jeunesse,
Et consacre ses jours à soigner les mortels.
Sans regrets, sans efforts, ainsi que sans tristesse,
On prend la fraîche fleur pour orner les autels !

Elle quitte le monde, il quitte cette vie,
Ils renoncent ensemble, aux faux biens d'ici-bas :
Elle n'eut pas pour eux un seul regard d'envie ;
Il ressent des regrets... qu'elle ne comprend pas !

Elle ne comprend pas, que l'on nomme prospères
Des jours environnés de plaisirs et d'honneurs ;
Et dévouant ses soins, à toutes les misères,
De la vie elle veut ne voir que les douleurs.

Vieux guerrier, qu'affaiblit la tristesse profonde,
En ce dernier combat encor sois courageux !...
Qu'un éternel bonheur vous réunisse aux cieux,
Qu'un regard de pitié soit vos adieux au monde.

DÉLIRE.

ROMANCE *.

. . . . Ange ou démon pour moi,
Je ne puis vivre heureux avec toi ni sans toi!

O ! si tu méritais ma haine !
Toi qui n'es pas digne d'amour;
Oui, crois moi, ton âme inhumaine,
Implorerait grâce à son tour.
Toute espérance m'est ravie,
Mais reçois mon dernier serment :
A toi se consacre ma vie,
Pour ton bonheur ou ton tourment.

. . . .

O ! prends pitié de mon délire,
Je ne puis te haïr, hélas !
Je pleure, je souffre, j'expire!...
O ! plains-moi ! mais ne me crains pas.

. . . .

* Musique de Boïeldieu.

Mon âme était aimante et douce :
Tu l'as perdue en un seul jour !
Ton cœur l'attire, la repousse,
Se fait un jeu de cet amour !
Mais pour remplir mon existence,
Il faut un sentiment vainqueur !
Que ce soit tendresse ou vengeance,
A toi le rêve de mon cœur !

O ! prends pitié, etc.

De cette haine vierge et pure,
Toi, l'objet unique et premier !
Ne crois pas qu'elle soit parjure
Aux sermens qui vont la lier.
Lorsque de mortelles alarmes,
Briseront ton cœur indompté,
Elle jouira de tes larmes :
La vengeance est sa volupté !

. . . .

O ! prends pitié de mon délire !
Je ne puis te haïr, hélas !
Je pleure, je souffre, j'expire :
Ah ! plains-moi, mais ne me crains pas !

L'ENFANT AUX CHEVEUX D'OR.

ROMANCE *.

> Il n'est point de maux que n'efface
> Un baiser qu'on donne à son fils.

« Mon cher enfant ! ô mon bel ange !
» J'éprouve un plaisir sans mélange
» A caresser tes cheveux d'or !
» Tes blonds cheveux, mon seul trésor ! »

Dans l'asile de l'indigence,
Au fond de son réduit obscur,
Près d'un enfant aux yeux d'azur,
La mère endormait sa souffrance.

Et l'enfant couvert de haillons,
Au pâle et délicat visage ,
Se tenait bien droit et bien sage,
Quand on bouclait ses cheveux blonds !

* Musique d'Halevy.

Sur son front pur, sa pauvre mère,
Fixait des regards attendris
En passant des doigts amaigris
Pour former la boucle légère.

Plaisir innocent et bien doux !
Mais dans leur profonde misère,
Du sort, l'implacable courroux,
Leur gardait une épreuve amère.

Un jour, ils n'avaient plus de pain,
La pauvre mère plus d'ouvrage ;
Et l'enfant cachant son visage,
Lui disait : — *Maman, j'ai bien faim !*

Puis il dormit. — Mais de sa mère
La voix le reveille soudain ;
O ! Providence tutélaire !
Il avait du pain à la main !

Mais la mère disait : — « Mon ange,
» Il n'est point de bien sans mélange :
» J'ai vendu notre cher trésor !
» Tu n'as plus tes beaux cheveux d'or ! »

COQUETTERIE.

ROMANCE *.

Moi coquette! peux-tu le croire?
Connais–tu donc si mal mon cœur!
Je dédaigne la vaine gloire ,
D'un art frivole et séducteur!
Invoquant un don tutélaire,
Si je puis vaincre un vague émoi.
Oui, j'en conviens, je cherche à plaire,
Je veux plaire... mais c'est à toi!

Et dans la foule qui s'assemble
Le soir en ces lieux enchanteurs,
Quand, sur mon passage, il me semble
Entendre quelques mots flatteurs,
C'est de toi seul que ma constance
Veut recevoir hommage et foi!
Ton choix est applaudi, je pense!
J'en suis fière. — Mais c'est pour toi!

* Musique de Zimmermann.

Si parfois l'on me voit sourire
Loin de toi goûter le bonheur,
C'est encor l'effet de l'empire
Que tu possèdes sur mon cœur !
Parler de toi ! bonheur suprême !
Ah ! tu peux bannir tout effroi !
Car, les accens de l'amour même
Ne me feraient penser qu'à toi !

FIN.